谷在交會後成為救贖彼此的浮木。
然而邪惡組織步步近逼、女孩無端失蹤，
原欲隱世的大叔理智斷線掄起鐵拳，加入即刻救援——
余兒
白頭浪
著
電影《今晚打喪屍》香港知名動作冒險作家
犯罪動作小說

# 白頭浪

# 序章

無論世界多壞多黑，我們也不會改變自己的善良。

# 第一章
# 那如同流浪狗的女孩

# 01

如常的一天，天亮了，我便起身，開店。

陰暗的天色、老舊的士多（注）、耳窩深處嘈雜的嗡嗡聲，一切照舊，一成不變。

「浪哥哥，十元腸粉，多甜醬、多麻醬、多辣醬、多芝麻。」

「做妳的生意眞難，」我望著眼前這個才二十出頭的肥妹，然後下刀剪腸粉：「妳也應該節制一下，這樣吃下去，我怕妳嫁不出。」

「你爲何如此關心人家的婚姻問題啊？」肥妹甜笑：「你壞啊，整天色瞇瞇地看我，就知道你對我有意啦。難怪我的腸粉會比其他人多醬料……」

「啊？是妳叫我加多點醬……」

「不過你老我太多了，我們不適合啦！」

「不跟妳糾纏。」無所謂，隨便她愛怎說就怎說。

這個被肥妹任意調戲的浪哥哥，是我。我叫張浪，今年四十五歲；因爲一頭銀白髮，大概別人會以爲我更老一點。也罷。

三年前我來到元朗錦田市，頂手一家在舊式村屋地下經營的小店，取名爲「四季士多」，二樓則是住家，下舖上居。

小區雖小，但居民倒不少。除了售賣薯片啤酒汽水，店裡最馳名搶手的就是由我親手炮製的腸粉。價錢便宜、口感嫩滑、混醬滋味，後來慢慢知道的人多了，就有了一批街坊熟客。

「阿浪，一包紅萬，一支可樂！」

「我正在忙，你自己取，記得付錢！」

男人前腳走，另一個女生後腳進來：「老闆，我取了一杯雪糕，錢放在這裡。」她把錢放在雪櫃旁的桌面上。

我專心製作腸粉，懶得回應。任由他們自取自付。

人來人往，都是過客。

製作腸粉很純粹，磨米漿、勾粉糊、蒸熟、捲成卷狀、切好、加入混醬，大功告成。純粹得不用思考，但滿臉汗水讓我感覺活著，挺好。

注：取英語「Store」之發音翻譯而成，又稱辦館，即「販賣部」，是指在缺乏商業設施的地方所設置的小型商店，通常都歷史悠久或開業多年。

忙完一個早上，第一輪腸粉賣光。這時候比較清閒，就大剌剌躺在尼龍椅上閉目而睡。

這家士多只有我一人打理，圖的不是賺錢，只是討個生活。反正我天天廿四小時待在這裡就是。

睡了半小時。更尖銳的耳鳴聲呼嘯而過，人就一下子清醒了。這些年間，我從來沒有沉睡，即使在夜裡，也頻頻甦醒。

我搓搓耳朵，伸個懶腰，打了呵欠，望向時鐘，差不多中午一點。叫個外賣，吃飽了，看一會報紙，重新慢條斯理製作第二輪腸粉。直至對面小學響起下課鐘聲。

下午三點，小學下課，衝來大批學生光顧。

對小孩毋須多說話，只需要動作熟練如同機械人，上了電般剪腸粉、放醬汁。轉眼又差不多賣光。

排隊末的兩位女孩，大約八、九歲，一個是普通香港小女孩，另一個頂著一頭黑人鬈髮，膚色黝黑，是個中非混血兒，操一口流利廣東話。

錦田是歷史久遠的新界圍村，但如今除了原居民外，還住了不少「外姓人」，更特別是有不少少數族裔和非洲黑人聚居。所以有中非混血兒出現，雖顯眼亦不算非常突兀。

兩個小女孩經常結伴而來，偶爾光顧。

我問：「今天想吃什麼？」

那個叫Nia的混血兒笑說：「鴨腿湯飯！」

「這裡怎會有鴨腿湯飯？」

「那你爲什麼還要問呢？當然是你的招牌菜——腸粉啦！」Nia露出得意之色：「十元，多醬汁。」

我沒回話，只笑了笑，便爲她們製作腸粉。

「十元。」我把盛滿腸粉的碟子遞給她倆。

二人看見腸粉的分量，都瞪大眼睛，一副不可置信。

「這碟……」Nia目不轉睛望著碟子：「要多少錢？」

「不是說了十元嗎！」

「眞的？」

「眞的，拿著吧。」

Nia望了望我，又望了望身旁的朋友。兩個女孩竊竊私語了一會，良久，還是不敢接過碟子。

我懶理她倆，索性直接把碟子放在桌上：「放心吃吧，沒下毒的。」

Nia終於按捺不住，放下十元，拿起碟子，跟同伴走到一旁開餐。

二人邊吃邊說悄悄話，偷瞄了我幾眼，見我發現就迴避眼神，很機伶。不知在說什麼好笑的，她們不時咭咭笑，發出天真的笑聲。

眞好，這種年紀的孩子好像沒煩惱似的，一點小事就可以教她們樂上半天。

每次吃完腸粉，她倆也會把鐵碟上的墊紙丟掉，再用紙巾把上面的醬料抹乾淨才還給我。見微知著，我相信她倆很有家教，而且心地不錯。

Nia的好朋友瘦瘦弱弱，叫小花，她把碟子遞給我時輕聲說：「叔叔，唔該（注）。」

「嗯，」我望進她那雙清澈透明的眼睛：「吃夠了沒有？」

「夠了。」小花露出笑臉。

「再見，明天再來啦。」

說完，她倆拖著手，愉快地蹦蹦跳著離開。

目送她們走開，途中小花又再回頭望向我；然後羞赧一笑，揮揮手遠去。

愉快的背影，像人世間的一道金光。

然後，天漸漸變暗；日落；夜幕低垂。又一天過去了，人再一次在夜裡。

---

注：「唔該」為粵語中最常用的禮貌用詞之一。有「多謝」、「勞駕」等意思。作用相當於英文「excuse me」，有點像禮貌用語「麻煩」。

## 02

黑夜來了又走，朝夕更替。

第二天，像過往每一天，當太陽升起，我就如常地開舖，照樣重複地做著同樣的工作。

樣板式的刻板生活，沒嗜好，沒兒沒女，沒女伴，一個人過。若問自己現在爲何如此活著，將來打算怎樣，我都沒有答案。

人只要還沒死去，都總得活下去吧。

別人也是這樣子：離家上班，做份沉悶但糊口的工作，下班回家，吃飯拉屎睡覺；假期就去一式一樣的商場逛逛，或看齣電影。只不過，他們身邊多數有個伴，可能是父母，可能是兒女，或愛人，或朋友……因爲有這麼一個「人」在，爛透的肥皀劇也變得好笑、難吃的魚生飯也可以入口、病了有人陪看醫生。

我盡量不去思考，爲什麼自己還會活著、活著的意義究竟是什麼諸如此類的問題。

即如我盡量無視，每朝早一張開眼就能清楚看見的天花的裂痕。

明明已入冬，可是天氣依然悶熱。工作了一個早上的我全身大汗，白色的汗衣變成半透明，這時有位中年婦人來到我面前。

「帥哥，我要啊……」

「妳要什麼？」

中女露出一個色瞇瞇的笑容。

「我要你的腸……」中女的眼神停留在我的下體：「粉。」

我當她透明，埋首剪腸粉，卻感到中女正用眼神撫摸我身體，令我很不自在，手也抖了。

「腸粉不用剪得那麼碎，我喜歡長一點，嘻嘻。」

「我賣腸粉，不是賣色的。」我把包好的腸粉遞給她。

「那也未必……」中女望著我的手臂說：「看你那麼粗……壯，應該有操練身體，沒女朋友享用，真是太可惜，浪費了……」

正當我不想也不知如何回應之際，幾個彪形魁梧的黑人三五成群走到士多前。

他們是區內黑幫份子，個個都凶神惡煞，街坊見著他們均避之則吉。

中女一看到他們即收起笑臉：「下次我再來。」說完就急步離去。

他們來到店裡，隨手拿了一堆香煙、啤酒、薯片等東西，當中一個叫阿Ree的尤其高大，他放下二十元，向我怒視，一副好像還要我找錢的樣子，接著就準備揚長離去。

這班黑幫起初只是拿走一、兩樣東西，最近卻愈來愈猖狂，如入無人之境予取予攜。掠奪完畢，末了還露出挑釁眼神，像在說：我們是拿你的東西，那又怎樣？你敢阻止或開罪我們嗎？

的確，我不想生事，不想找麻煩，所以唯有啞忍。

這時我看到Ree的眼神移到我身後，瞬間戲劇性地收起凶悍神色，然後若無其事地與同伴離開。

我轉身往後望，看見Nia跟小花正朝我店走過來。

Nia望著那班黑人的背影，有點尷尬：「叔叔……」

我擺擺手，示意Nia不用說下去。「今天是不是照舊？」我拿起剪刀，笑了笑，兩女孩同時點頭。

我抹了抹汗水便開始剪腸粉。

小花一直望著我掛在頸上的汗巾，若有所思似的；我瞄了瞄她，把汗巾脫下：「妳似乎對它很有興趣，想要嗎？」

「才不要！」小花捏著鼻：「好臭啊！」

「臭嗎？這是男人味啊……」我拿起來作狀嗅了嗅，然後硬塞給她們：「妳們嗅嗅！」

小花嘩一聲避開，兩女孩再次發出天眞的大笑。

她倆的笑容無邪無垢，純潔得像一道清泉。那麼恰巧，一絲陽光透過厚重雲層，照射在她們臉上。跟這千瘡百孔的世界相比，整個畫面美好得不似眞實。笑聲在我心裡的空洞迴蕩，在長久悲涼淒苦的心緒中，好像流過一絲幸福暖意，實在無以名狀。

「今天我請客，妳倆自己去拿汽水。」

小花搖頭，掏出十元：「我們要十元腸粉就可以了。」

「妳們不喜歡喝汽水？」

「喜歡啊。」

「那爲什麼不喝？」

「我們只有十元。」

「無所謂啦，哥哥請客。」

「我跟你不太相熟……」小花瞇起眼睛，露出疑惑表情：「這樣不太好。」

「我不是壞人來的。」

「都說跟你不相熟，我又怎知道你是不是壞人呢？」

我沒好氣，收起她的十元便是。

「十元分量就可以了，今天不用再加多給我們。」

「嗯，那好啦。」

「謝謝你。」

雖然見過小花多次，但多數時候她都是躲在Nia身後，就算跟我對話都只是一句起兩句止，今日是我們說最多話的一次。

我想，這個善良正直、而且清秀漂亮的小女孩，就好像一頭在童話故事裡迎著春光蹦跳的小動物，鮮活而可愛，必定深得父母疼愛。

## *03*

日間的錦田算是熱鬧，但畢竟是鄉村地方，入夜後便變得冷清。晚上十點，大部分店鋪已關門，只有零星幾間食肆營業。街道行人疏落，非常寂靜。我正在執拾東西，準備收舖，卻見小花在我舖前經過。

「小花？」

「大叔……」

小花滿臉愁容，跟午間那個陽光女孩，竟判若兩人。

「這麼晚，還去哪裡啊？」

小花搖搖頭，沒回話便垂首往前走。

我想了想，怕她會有危險，於是追上前，正要叫住她，她卻突然轉身。

「大叔……」小花一臉爲難。

「什麼事啊？」

她沒回話，應該說，她是有話想說，卻開不了口，只用指頭搓著衣角。

「有什麼事也可以跟我說，我說過我不是壞人來的。」

小花沒回話，望向店裡已清洗了的蒸煮用具，露出失望神情。

想了想，垂頭離去：「沒事了。」

「妳是否肚子餓？」

她停下腳步，瞪大雙眼，似被揭破了什麼祕密。

然後猛力點頭。

「我還未吃晚飯……」

「那麼晚還未吃飯？妳媽媽沒做飯？」

小花擰擰頭。

「大叔，你可否請我吃腸粉？」

「腸粉不能當晚飯的，我跟妳去吃飯好嗎？」

小花繼續擰頭。

「我沒錢……」

「我請妳好不好？」

「不好……我沒錢還的……」

「我請妳啊。」

我走前一步。

「但我跟你不熟絡。」

小花後退一步。

「拿妳沒辦法。」我笑笑：「妳過來坐，等等我。」

於是我便開始爲小花製作腸粉。

「小花，有沒有興趣試試祕製腸粉？」

「跟平常的有什麼不同？」

「是我精心研發，有緣人才可嚐得到。」

「那我要平常的就可以了。」

「怎麼了？妳不想試新口味？」

「祕製的，一定很貴。」

「無所謂，我請妳吃。」

小花想了想：「還是不要好了。」

一刻過後，我把熱騰騰的腸粉捧到小花面前。

小花兩眼發光，吞了吞口水，像看到珍饈百味似的。

「多謝……」

小花接過碟子，便吃著腸粉。吃了幾口，她擠出一個趣怪的表情。

「大叔……」小花雙眼水汪汪：「明明沒加辣醬，爲什麼會辣的？」

「再嚼下去試試。」

小花細心咀嚼了一會，才把腸粉吞下肚，回味一下剛才的味道，突然瞪大眼睛：「好味啊。」

「吃得出來嗎？」

「是日本芥末醬。」

「聰明。」我舉起拇指：「我在腸粉裡面塗了一層薄薄的芥末醬，那種辣由內透出來，做出刺鼻效果卻不會搶走其他醬料的味道。」

小花忙著吃腸粉，根本沒把我的話聽進耳內。

「慢慢吃吧。」

「太好吃，停不了啊。」不一會，小花已把腸粉吃光。

「大叔，太好吃了，謝謝你啊！」

「嗯……其實妳可以叫我浪哥哥，大叔這個稱呼好像太老了……」

「哥哥？」小花想了想，指著我的頭髮：「你滿頭白髮也是哥哥？」

「張國榮跟我差不多年紀，他可以叫哥哥爲什麼我不可以叫哥哥？」

「張國榮？誰啊？」

「妳居然連張國榮也不認識，小朋友，妳太年輕了。」我笑說：「總之跟年紀無關。」

「但……我還是覺得大叔比較合適。」

「唉，無所謂啦，隨妳喜歡。」

「無所謂啦……」小花突然鸚鵡學舌，學著我的語氣：「大叔，我發覺你很喜歡說『無所謂啦』。」

「是嗎？無所謂啦……」

「嘻嘻。」小花終於真心笑了。她把目光落在我頸上的毛巾：「大叔，你這條毛巾有沒有洗過？」

「當然有啦。」

「多久前洗過？」

「我想……大概……半年前左右吧……」

小花做了一個卡通鬼臉：「大叔，你很邋遢呀！」

「其實不能這樣說，每個人都有自己的習慣，妳天天也穿同一雙鞋子，難道就是污糟鬼嗎？」

「我不會穿半年才洗一次呢……」

小花垂下頭，望著自己穿了個小洞的白布鞋，突然尷尬起來。我想我似乎說錯話了，本想隨便轉個話題，卻給她搶先一步。

小花指著我掛在頭上的鎖匙：「爲什麼把鎖匙掛在頭上？」

「妳很多事啊。」

小花伸出舌頭。

「那……有什麼用途呢？」

「鎖匙當然是用來開鎖。」

「開什麼鎖？」

「妳猜猜。」

小花想了想：「夾萬（保險箱）？」

「不是。」

「時間囊？」

「不是。」

「士多地下室暗門？」

「妳當我是肢解人魔殺人狂嗎？」

「我猜不到，你揭盅啦。」

「妳眞的想知？」

小花眼珠轉了一圈，點了一下頭，滿心期待我的答案。

我摸著鎖匙，蹲下來認眞地望著小花。

「……這條鎖匙是用來打開……」我用手指輕戳了一下自己的胸口：「我的心鎖。」

小花做狀在吐：「騙人！好噁心！」

我笑了笑。

小花交叉雙手，一臉不爽地左盼右顧，最後望向通往二樓的階梯上。

「上面就是你居住的地方？」

「嗯。」

「可不可以參觀一下？」

「妳不是說跟我不熟絡嗎？怎可以隨意到陌生人的家？」

「之前覺得你樣子凶巴巴……」

「現在呢？」

「還是凶巴巴，不過應該不是壞人。」

我翹起嘴角，抓拍耳朵——該死，耳鳴嗚作響。

「我可以……」小花踏上梯級，回頭望著我：「上去參觀嗎？」

「妳已經踏上樓梯，我還阻止得了？」

小花笑著逕自走到樓上。

我所謂的家，只有一張床一張書桌一個書架和一個浴室。未至於家徒四壁，但也相當簡陋，沒什麼特別。

「這就是你住的地方？」小花的目光在我房子游走：「想不到大叔的家如此整潔。」小花走近書架，視線停留在唯一一套漫畫上：「這漫畫好看嗎？」

「嗯，非常好看。」

小花拿出一本，翻了翻內文，又看看封面：「SLAM DUNK是什麼意思？」

「就是『入樽』（灌籃）囉。」我做了一個投籃動作。

「這本漫畫只有男生喜歡看嗎？」

「都說小孩子妳太年輕了。這本漫畫是不朽經典，任何年齡、任何性別，三歲至八十歲，男人女人變性人，看過的都會愛上。」

「哈哈哈哈哈哈哈哈，變性人……哈哈哈哈哈哈哈哈哈……」小花笑得彎了腰，她的笑點眞低。

「想不想看？」

小花想了想，用力點頭。

「這套漫畫是我的珍藏，妳每次只可以借一本，看完一本才能交換下一期。」

「知道。」

看看時鐘，原來已接近晚上十一點。

「時候不早了，妳快回家。」

「好的。」

小花把《SLAM DUNK》（注）完全版第一期珍而重之地捧在身前，不時展露微笑。

時間太晚，我不放心小花獨自回家，便陪她走上回家的路徑。

夜深人靜，只偶爾傳來車聲和狗吠聲。儘管日間還是悶熱，晚上卻已頗有寒意。小花穿得單薄，捧著漫畫，環抱雙臂，身子更顯得瘦小。

街燈映照下，除了看到幾頭流浪花貓在草叢邊瑟縮，還看到我跟小花的影子投在小路上，一大一小的。

一直以來，我都不算喜歡小朋友，但小花的平靜和親切氣息讓我很難討厭她。

「大叔，你是否很喜歡吃腸粉？」

「普普通通。」

「那你幾時開始做腸粉的？」

「大概……三年前吧。妳呢？妳何時搬來這裡的？」

「讓我想想……半年前左右。」

「跟爸爸媽媽同住？」

「不是啊……」小花搖頭，索索鼻子，邊搔鼻側邊輕聲說：「跟媽媽、妹妹和威哥哥。」

「威哥哥？」

「威哥哥是媽媽的男朋友，妹妹的爸爸。」她的語氣裝作輕描淡寫。

「哦。」我不便應和什麼，大家沉默起來。

經過幾條小路，來到一條巷子，小花突然停下腳步，原來有盞街燈壞了，她因此裹足不前。

注：《灌籃高手》（スラムダンク，港譯《男兒當入樽》），是日本漫畫家井上雄彥以高中籃球為題材的漫畫作品。自一九九〇年至一九九六年連載在集英社《週刊少年Jump》。單行本全31冊、完全版全24冊、新裝再編輯版全20冊。漫畫系列於日本發行量已超過一億二千萬冊。

「幹嘛？妳怕黑？」

「嗯。」

「妳怕睡覺嗎？」

「當然不怕。」

「睡覺時閉上眼睛不是很黑嗎？爲什麼妳不怕睡覺卻怕黑？」

「不同的呢！」

「妳有做過壞事嗎？」

「沒有啊。」

「那沒就什麼好怕啦。」

「如果我還是怕呢？」

「那……妳合起眼，想像疼妳的人在身邊，他會保護妳嘛。」我試探地說：「例如妳媽媽。」

小花想了想，輕蹙眉頭：「好像不太可行……走吧。」

小花突然拖上我的手。這時我才留意到，那隻握著我手的小手背上，有被打過的痕跡。

能保護她的，或許，不是她的母親。

小花做了個深呼吸，然後鼓起勇氣，踏步向前。

穿過巷子，小花的家就在不遠處，那是一幢樓高三層的舊式村屋。我目送她進入家門才安心離去。

這是我跟小花說過最多話的一天。今晚之前，我以爲她必定是個無憂無慮的幸福小女孩，所以才能擁有如此澄明的眼神……但看來我錯了。清澈的心靈之窗，其實直通眞誠的內心。

如果我有個女兒，希望她可以像小花一樣，愛笑而不聒噪、率直善良。

然而我知道，這是個多麼奢侈的願望。

回到家，洗澡後，我望著鏡中的自己，一臉疲憊，沒半點神采。當一個人覺得自己老的時候，就眞的老了。

唧唧——嘒嘒——嘰嘰——

明明是冬天，卻似有千萬隻蟬在叫。

耳鳴眞的很煩人。

看過醫生吃過藥，情況也沒多大改善。

有時突然來襲，有時靜音一會，有時長伴左右，有時小聲點，有時大聲點。

醫生說，產生耳鳴的因素有很多，排除生理因素的話，可能是精神壓力、可能是憂鬱症、又可能是心理影響。

無所謂吧，反正死不了。

喝了杯酒，按下有如古董的CD機的按鍵，幾秒後傳出熟悉的音樂。

那是我跟她最喜歡的歌曲〈春夏秋冬〉（注）。

每一晚臨睡前，我都會重複又無複聽著這首歌，它就似安眠曲，陪伴我度過年月四季。秋天、冬天、春天、夏天、秋天、冬天、春天……總有一個季節，我終於可以入眠。

而在夢裡，她又再出現。

**秋天該很好　妳若尚在場**
**秋風即使帶涼　亦漂亮**

如果妳還在我身邊，那就好了。

注：粵語歌曲〈春夏秋冬〉，主唱／張國榮，詞／林振強，曲／葉良。

## 04

第二晚差不多同樣時間，我正在收舖，眼角瞥見小花在不遠處，躡手躡腳地走過來。

我故意轉身，刻意背向她，假裝沒看見她。未幾她走到我身後，突然大叫了一聲：「大叔」，我才假裝被嚇到，猛然回頭。

「想嚇壞人嗎？」我按著心口說。

「大叔，你膽子好小。」小花在背包取出一個紙袋，再從裡面拿出《SLAM DUNK》第一期：「還給你，我來繼續借第二期。」

「好看嗎？」

「好好看呀！流川楓很帥！」

「沒騙妳吧！」我從小花手上接過第一期：「妳等等我，我拿第二期給妳。」

知道小花喜歡《SLAM DUNK》，我竟然有點高興，好像找到知音，縱然她只是個少不更事的小鬼頭。

我把第二期交到小花手上，她立即急不及待快速翻看內容，然後把它套入紙袋再放入小背包裡。

隔了一會，她在背包裡面拿出一樣東西，雙手奉上：「大叔，這個送你。」

我打開一看，那是一條印有很多哈哈笑圖案的長形毛巾。

「幹嘛送這個給我？」

「給你替換的。」小花指指我頭上的毛巾：「你那條……太臭了。」

我笑了笑，摸摸小花的頭。

「吃了東西沒有？」

「吃了啦。」小花一屁股坐在欖上：「大叔，你最喜歡《SLAM DUNK》哪個角色？」

「三井壽。」我坐在她身旁。

「三井壽？」

「嗯，他在第五期便會出場，是個很重要的角色。第七期之後，擔保妳一定會愛死他！」

「眞的？」小花瞪大眼：「他帥嗎？」

「比流川楓還要帥，而且……」我認眞地說：「他是——永不放棄的男人！」

「嘩，聽起來很吸引，我現在已經想看了。」

「別心急，慢慢看下去就會看到。」

「大叔，你也是永不放棄的男人嗎？」

我笑而不語。

身爲一個無所事事的中年男人「士多佬」，根本沒有特別事情讓我上心在意，任何事也無所謂，又談什麼放棄不放棄呢？

小花靠向我，突然伸出小指頭搓了搓我的眉心：「大叔你時常皺眉頭，是不是有很多心事？如果沒有人聽你傾訴，可以跟我說啊。」

我時常愁眉深鎖嗎？或許吧。自從那件事以後，我和快樂的距離，相隔很遠。

「哈……」我打哈哈，笑了一聲：「妳說話的口吻倒像個大人。」

小花目不轉睛盯著我。

「幹嘛？」

「等你說心事啊。」

「我才不會跟一個乳臭未乾的小鬼說心事。」

「我不介意的，因爲我們是朋友。」

「我介意啊，」我站起來，冷哼著說：「況且我們才不是朋友，我的年紀可以當妳爸爸。」

「大叔，你太守舊了。雖然依你的說法，應該可以當我爺爺，但我是不會嫌棄你的。」小花露出一個老成的表情。

「我哪可當妳爺爺！妳別愈說愈離譜。」

「那你到底有沒有心事？」

「都說沒有。」

「那你爲什麼總在皺眉？」

「妳很多事！」

「好啦，好啦，如果有日你想講心事，別忘了有我這個『朋友』啦。」

「才不會有這一天……」說著說著，又聽見煩擾的嗡嗡聲。

「大叔，除了皺眉，你還很喜歡搓耳朵呢。」

是的，我鎮日不由自主搓耳朵，想不到這小鬼會留意到。

「因爲我有耳鳴。」我沒有告訴過很多人這件事，卻居然告訴了她。

「耳鳴？」

「嗯，不過妳不明白的了，別多事啦。」

在我顧左右而言他之際，遠處傳來一陣微弱的哀鳴。

「大叔，你聽到嗎？」

「嗯，好像是有頭狗在嘶叫。」

「叫得很可憐似的，不如去看看吧。」

「別多事啦。」

「去看看啦！」小花拉著我的衣角。

「別那麼大力，快給妳拉破了。」

「去看看！去看看！去看看！」

「怕了妳，去吧！」

拿她沒辦法，只好拖著不情不願的身軀跟在後面。

小花急步邁開，叫我走快一點；我慢條斯理的隨後。

走到附近公園，小花發現悲鳴聲來自一頭平日在附近流連、也不知是人家放養還是根本沒人飼養的流浪狗，牠的頸項被麻繩縛住，纏在滑梯的支架上。

流浪狗一見小花走近，即齜牙裂嘴，從喉頭發出呣呣聲，一副生人勿近的獸性凶相。

「走吧，別過去，那頭野狗很惡的。」

「你看不到嗎？牠被綁著，很辛苦似的。」

「牠這些街頭鬥士，自然有辦法甩開的，別多事啦。」

小花像沒聽到我的話，向野狗慢步靠近。

「有沒有剪刀之類？」

小花背向我，繼續走近野狗。那頭狗更緊張，不斷在掙扎，扭動身子，樣子更凶暴。

「別走過去，牠眞的會咬妳呀！」

小花繼續趨前，她的執著超出我預期。沒理由看著她有危險而不顧，我只好急步走到她身後把她叫停。

「喂，」我拍拍她肩膀：「讓我來。」

我叫小花走到野狗前面引開牠的注意，然後取出萬用刀，從後方緩緩靠近。

「狗狗，不用怕啊，我們是來幫你的。」

小花柔聲「安撫」著野狗的同時，我已經來到牠身後。

我跟她使了個眼色，便做出行動。電光火石間，我左手按著牠的頭，提刀的手已割斷麻繩。我以爲自己的動作夠快，可還是快不過那頭狗……

就在麻繩被割斷的一刻，我的左手已被咬了一口，牠鬆綁後就溜了。

「衰狗，救了你多謝也沒一句就走。」

「大叔，你的手在流血呀！」

「我看見啦！」

「去醫院吧。」

「不用啦，回去洗洗傷口便可。」

「我幫你。」

「這個還用說嗎，妳不是打算跟那頭野狗一樣，拍拍屁股走人吧？」

「當然不會啦。」小花拍拍心口：「你不知道嗎，我是義氣仔女來的。」

「別廢話了，我快流血不止了。」我沒好氣：「走吧，義氣仔女！」

回到士多，用消毒藥水清洗過傷口，小花用紗布爲我包紮。

「都叫妳不要多管閒事！」

「你幫了那浪浪脫困，不覺得心情愉快嗎？」

「什麼浪浪？」

「浪浪即是流浪狗囉，笨大叔！」小花突然靈光一閃：「你的名字也有浪字，我以後可以叫你浪浪呀！」

「妳當我是流浪狗嗎？」

「嘻嘻。」

「誰跟妳笑。」

我輕力拍了小花的頭一下；她伸出舌頭，憨憨的樣子。

「流浪狗很凶的，別以為自己幫了牠脫身牠就當妳朋友，下次見到牠記得別太接近。」

「你……覺得我們不該幫牠嗎？」

「做人最緊要量力而為。」我皺眉，語帶責備：「明知會令自己受傷，就不應該去做。」

「那就眼睜睜看著牠受苦？」

「滿街都是流浪狗，妳能幫到多少？」

小花想了想：「大叔，你有沒有聽過『莫因善小而不為』？雖然救了浪浪，牠不會多謝我們，但總是好事來的……」

這個社會，最不需要的，就是善良。但我不想跟她討論現實：「小鬼頭，不用跟我說這些了。」

「我不是小鬼頭呀。」

「不是小鬼頭……那就是妹頭吧！」我打趣說：「反正小花的名字太普通，

以後就叫妳妹頭。」

「不要呀，妹頭很土氣！」

「我覺得跟妳很合襯。」

妹頭交叉雙手，一臉漲紅，裝出一副生氣的模樣。

我看見她的手背上，又添了一道新的傷痕……

「妹頭，妳媽媽……時常打妳嗎？」

妹頭把袖口拉長，想把傷痕蓋住。

她的明眸彷彿閃過一絲悲傷，然後擰擰頭：「不是啊。」

我有點不忍。

「妳那麼瘦弱，會不會受不了，給打死的？」

「不會……死吧？」妹頭抬頭定睛望向我：「大叔，那如果我有危險，你會來救我嗎？」

「不會。」

「你說謊，你會救我的。」

「我連流浪狗也打不過。」我舉起包紮了的手臂：「哪有能力救人？」

妹頭卻像沒聽到我的話一樣，想了想，便指著頭上的蝴蝶頭飾：「那樣吧，我以後睡前便把頭飾掛在窗邊，你見到即是安全；如果看不到，就代表我有危險，到時候你要來救我啊。」

我聳肩，一副事不關己的樣子：「我既不是蜘蛛人，又不是超人，那些英雄救人的情節我演不來。」

「但……」

「什麼？」

「你口是心非……」妹頭：「大叔！」

我明明不喜歡大叔這稱呼，但不知爲何，我卻突然覺得無所謂；甚至，有點親切感。

一群蝙蝠在頭上低飛過，然後掠過樹上的上空。

「回家吧！」把妹頭送回家後，我在樓下吸了兩支菸，待了一會，看見二樓的窗口掛上蝴蝶頭飾，我才安然離開。

*05*

慢慢，我跟妹頭熟絡起來；她跟Nia放學後總是結伴來店裡吃腸粉。

她們有時會坐在我用作午睡的尼龍椅上看電視；有時會在我忙著的時候幫手收錢。

偶爾，妹頭會在晚間前來，幫我收鋪。後來我才知道，家裡沒有人在乎她，她也不想待在家裡，才會在深夜時分還獨自走在街上東遊西逛，像頭受傷的流浪小狗。

大部分時候，她都很直率天真，但偶然也會說一、兩句超出她年歲的成熟話，就像那句「莫因善小而不爲」，事隔數天仍不時在我腦海浮現。

我們都是人海孤鴻；又或者如她所說，我根本也是一頭浪浪，所以我們有著同樣的屬性，才會成爲「朋友」——是的，不得不承認，我們成了朋友，兩個年紀相差三十多年的莫逆知己；爲了抱團取暖、爲了相濡以沫。

星期天中午，很悠閒，我在士多倚在櫈上打算小睡一會，突然聽到一陣急促而響亮的狗吠聲；我起身察看，竟見到那天咬傷我的野狗在對面馬路，向著一架嬰兒車猛吠不止，愈吠愈大聲。

嬰兒車身邊沒有其他人，正要緩緩溜出馬路，見狀我立即衝出士多，想走過去按停嬰兒車，可是剛好有幾輛汽車在馬路上急速行駛，擋著我去路。

千鈞一髮間，一個婦人從藥房跑出來，及時握著嬰兒車把手，阻止了意外發生。流浪狗又吠了兩聲，才逕自跑走。

隔著一條馬路旁觀著這一幕，我有種醍醐灌頂的感覺，驀然串連起因果：若非流浪狗的吠叫，婦人也不會在藥房走出來；雖然嬰兒車溜出馬路也不一定會釀成慘劇，但的而且確，流浪狗阻止了那個可能發生。

小花那晚救狗，當然沒想到牠後來會有機會救人一命——誰又能料到呢？如果一開始就這樣想，大概也會覺得荒謬失笑吧？但事情卻如此這般，在眼前發生了。我隱約了悟，原來世間上每件小事，每個小節，或許都是環環相扣的。原來有些人的付出，只爲了成全另一些人。

轉眼涼意更深，臨近聖誕節，學校快要放假。

聽妹頭說，假期前學校將會舉行運動會，她參加了一百米比賽。

我問她有多大信心？她說信心十足，未轉校前她曾經奪得短跑冠軍，更有小電兔之稱。

「那麼犀利？」

「你不相信嗎？」

「我沒說不相信。」

「如果我奪得冠軍，有什麼獎勵？」

「學校不是有獎牌給妳嗎？」

「給我炮製一頓聖誕大餐吧！」

「妳以前都不是那麼貪心的！」

妹頭伸出舌頭，試圖用萌樣胡混過去。

結果她三甲不入，落敗了。

聖誕假期開始，妹頭與Nia黃昏時分來到士多看電視。

我在賣腸粉，無暇理會她倆，叫她們隨便取零食。

Nia老實不客氣，開了兩包薯片，還未吃完已準備開新一包蝦片。

妹頭輕聲責備Nia：「那包薯片還未吃完，妳又開新一包？」

「今天浪叔叔請我們吃啊。」

「但……也不可以浪費吧……」妹頭有點不好意思。

「無所謂啦，喜歡吃什麼就開吧，吃剩的我會把它吃光。」我向著身後的二人叫過去。

「多謝浪叔叔！」Nia已早把蝦片打開。

此時，我看見Ree跟幾個門生在馬路朝士多方向走過來，離遠已感到他們的怒氣。

Ree把手中的彩票撒滿一地。

不好，他們輸了馬，又來我地方鬧事。

「妹頭，帶Nia上二樓，看電視。」

妹頭望著我，又望向從遠而來的黑人幫，便精明地跟Nia走上二樓。

Ree來到士多前大喝：「士多佬！」

我放下鉸剪，跟等待腸粉的客人說句不好意思，便走到Ree身前。

「有什麼可以幫到你？」

「有呀，我今天賭運手風不太順，想跟你借點錢。」Ree說：「可不可以？」

「可以。」我沉住氣，從收銀機取出數百元給他：「這些給你。」

「你在耍我？」Ree望著我手上的錢，冷漠地說：「這裡賭一場也不夠。」

「我只是做點小生意……」我一臉爲難：「眞的沒太多……」

Ree望向排隊等待腸粉的客人：「全部走，今日要關門了！」

客人四散，我無可奈何地望著他。

「你生意那麼好，我跟你借點錢你卻托我手踭（注）？」Ree瞪眼：「你是不是怕我沒錢還？」

「不是……」

「那這幾百元算是什麼意思？」

與他根本沒道理可說，爭執下去只會把他惹得更火。沒辦法，只好從錢包取出數千元給他。

Ree取過錢，又怒瞪了我一眼，才跟他的手下離去。

兩小孩在樓上探頭偷望，看見他們走了才慢慢下來。

Nia一臉尷尬地走到我身旁：「浪叔叔……對不起。」

「爲什麼說對不起？」

「他們……是替我爸爸做事的……」

注：粵語詞彙。「托手踭」指拒絕或推搪別人的請求。

「我知道。」我說：「但就算他們做什麼錯事，也與妳無關，妳不用向我道歉。」

Nia勉強一笑。

「再過兩天就到聖誕節，到時炮製聖誕大餐給妳們吃好不好？」

「好啊，不過我晚上要跟爸爸媽媽度過，下午吃可以嗎？」Nia又再雀躍起來。

「落敗了比賽也有聖誕大餐？」妹頭瞪大眼睛。

「對啊，妳想吃什麼？」

「什麼也可以啊。」

「讓我想想。」

「慢慢想。」

「大叔！」妹頭突然想到什麼：「你的士多一點聖誕氣氛也沒有，不如佈置一下吧？」

「不用了，我最怕搞這些，鬼五馬六。」

「我們可以幫你。」兩女孩同聲說。

「別多事！」我說：「夜了，妳倆快回家。」

Nia看看手錶，發現時候不早，便跟我們告別，約定聖誕那天再來吃大餐。

士多剩下我和妹頭。

我沒有跟她說起那頭流浪狗間接救人的事，但卻想給她一點獎勵。

「明天是平安夜，妳媽媽會跟妳一起慶祝嗎？」

「她答應過我會帶我去麥當當吃漢堡包的。」

「妳喜歡吃漢堡包？」

提到漢堡包，我的腦海又閃過了跟太太一起的畫面。

「嗯！以前公公每星期都會帶我去吃的。」妹頭喜道：「很期待明天可以吃漢堡啊！」

看見妹頭如此開心，我也爲她高興。

希望她可以跟家人愉快地度過節日。

我記憶中最後一個快樂聖誕，是跟我太太一起在海傍擠在人群中倒數的幸福場面。後來，當我太太不在我身邊之後，所有的節日對我來說，都失去了意義。從此以後，我甚至很害怕面對這種歡天喜地的氣氛。每當全世界普天同慶的時候，我就跟這世界顯得更加格格不入，比起平時，我會覺得更孤寂。

就連我自己也沒想過，今年聖誕，我竟因爲兩個小女孩的期待，而生出了佈置的心思……

# *06*

平安夜的午後，比平常少了客人，於是便騰出時間，拿出在附近雜貨店買的飾物，把士多佈置起來。

把小燈泡在舖頭外圍了一圈，天一入黑便亮起，雖然不算很特別的佈置，但效果也似不錯，看上去有點夢幻，還有點……溫暖。

扭開收音機，還很應節的在播著聖誕歌。

就在我吸著菸，嘗試在這氛圍陶醉一下之時……

「大叔……」一臉沮喪的妹頭慢慢走到我身邊。

一看她的表情，我就猜到什麼事了。

「妳坐在裡面等等我。」

我示意妹頭坐在平時的位置，然後我便走進廚房，不一會，我便把美味的大餐捧出來。

安格斯牛肉漢堡、梅粉番薯條、雜果賓治（注），全都是小孩子無法抗拒的美食。

妹頭一見，立即張大了嘴巴。

「給我吃的嗎？」

「我不喜歡吃這些沒營養的東西，妳吃吧。」

「那……」妹頭一手拿起漢堡：「我不客氣了！」

妹頭吃相活像餓鬼，很急，像是沒有把食物嚼碎就吞下去。

「大叔，你怎會知道我今晚會來的？」

「我不知道妳會來啊！」

「那你為什麼準備了……漢堡包給我？」

「哈哈……」我笑了一聲：「妳搞錯了，這些本來我是給自己做宵夜的，不過見妳來了，就給妳吃吧。」

「你說謊，剛剛你不是說不喜歡吃這沒營養的東西嗎？」

「食不言，寢不語，即是叫妳，吃東西時不要說話。」

注：Fuit Punch，是一種材料包括雜果（如蘋果、鳳梨、鮮橙和檸檬之類）加上糖水或七喜，有時也包含薑啤、酒或果汁的賓治酒飲品。這種飲品在香港或澳門茶餐廳、港式快餐店均常見。雜果賓治中的紅色液體是紅石榴汁。

她真的沒說話，只是努力地在吃，把食物一一塞到口中；然後，眼眶慢慢泛起眼淚。

我默然，不好說些什麼。我把紙巾悄悄遞向她，然後別過臉：「慢慢吃……」

其實昨天當妹頭告訴我，她媽媽今晚會帶她去吃漢堡包，我就有預感她可能會失望。所以，我一早就準備了漢堡包的材料。

我不想打擾她，於是走到樓上，洗了個臉。

我想起教我做漢堡的那個她。

當時她說：「待你學會了，將來就可以由你炮製給我們的仔女吃囉。」

我記得我這樣回答她：「我不要學啦，因爲我學一世也不會做得比妳更好，爲何還要浪費時間？」

她笑笑問：「如果我不在你身邊呢？」

那時的我，從沒想過眞的會有這一天：「那更加不用學，因爲學成了也沒意思。根本沒有人會吃到我做的包。」

——她笑了。

——後來她教會我了。

我拿出《SLAM DUNK》第七期回到樓下時，妹頭已把大餐掃光。

淚，也已擦乾。像沒事人一樣。

「大叔，謝謝你呀。」

「不用謝啦，」我用妹頭送給我的毛巾，印去臉上的水珠，笑說：「妳喜歡就好。」

「我，超，級，喜，歡，啊，大，叔。」

我欣慰地笑了。

——原本以爲今生今世再沒有任何意義的事，竟會在將來的某一天，拯救了另一個人。不，兩個人。

——我想，善良的她知道了，也會高興。

「妹頭，」我把《SLAM DUNK》交給她：「這期很好看，快看！」

「對了，你說的那個三井壽樣貌很陰險，又沒門牙，一點也不帥！」

「看了這一期，妳就會對他改觀。」

「眞的嗎？」

「我肯定！」

「好，我信你。」妹頭雙手緊抱漫畫，笑得很燦爛。究竟是怎樣的柔韌天性，才會令這個小女孩，在受傷過後，依然在笑？傷痛彷彿蕩然無存？是因爲她比常人堅強，抑或是，她比常人更善良？

「大叔，你最近也沒有皺眉頭和搓耳朵了。」

是嗎？

說起來，最近耳鳴的情況好像眞的少了很多。

可能，我也被她感染了。

「妹頭，明天下午記得來啊！」

「記得了！」

「別遲到，否則沒聖誕禮物。」

「有聖誕禮物嗎？」妹頭又笑了：「是什麼來的？」

「明天來，妳便會知道。」

「很想快點到明天呢！」

「那妳今晚早點回去睡吧。」

「嗯，知道。」妹頭說罷揮揮手：「我要回家了。」

「等等我，我收拾好東西送妳走。」

「不用啦，前幾天都是自己回去。」妹頭做了個勝利手勢：「我現在已經不怕黑了。」

「眞的不怕？」

「眞的！」

「那妳自己小心點。」

「知道啦。」妹頭轉身離去：「拜拜囉。」

「路上小心呀！」

「都說知道了，囉嗦大叔！」

妹頭回頭做了個鬼臉，便蹦蹦跳地踏上回家之路。

我目送著她，直到她的身影愈縮愈小，沒入街道。

# 第二章

# 我的大叔

*01*

「小花，公公今天煮了妳最愛吃的漢堡牛排。」

「好哇！」

公公把漢堡牛排放在餐桌上，我急不及待就夾起來吃下肚子裡。

除了漢堡牛排，還有午餐肉炒蛋、粟米湯我都非常喜歡。就算每一天吃同樣的菜式也不會生厭。

「慢慢吃，不用急啊……」

我覺得公公的廚藝是全世界最好的，雖然他總是叫我慢慢吃，我亦知道不會有人來跟我爭，但我就是控制不了自己，因爲實在太好吃、太好吃了！

「乖孫。」

公公摸著我的頭，笑得很慈祥，雙眼瞇成一線。

這副笑臉突然在我眼前消失，他去了哪裡？

「公公、公公。」

他沒去了哪裡，他一直活在我心裡。

以前我最期待的，就是晚上可以吃到公公親手做的飯菜。回憶中的味道縱然還停留在舌尖上，可是從今以後，卻再也嚐不到了。

在我三歲的時候，媽媽就跟爸爸分開，之後我便再沒有見過爸爸。對他的印象漸變模糊，合起眼也不能在腦海中勾起他的輪廓。

那時開始，我就一直由公公照顧。媽媽偶爾回來一次，有時候待一晚，有時候問公公要了錢就走；很少跟我說話。

公公一直很疼我，我也很疼公公。所以就算沒父母愛護，我也覺得日子過得很好。直至半年前，媽媽突然回來說要把我帶走，公公苦苦哀求，問她為何要這樣做……媽媽拋下一句：我就是不想讓你們過得那麼快活。

那刻媽媽的臉好猙獰，猶如恐怖大魔王。

我後來才知道，她問公公要很多很多錢，但公公根本沒能力給她。

我不捨得也不想跟公公分別，那天媽媽把我拉走的時候，公公一直跪在地上，老淚縱橫，我也嚎啕大哭起來，第一次知道什麼叫作心痛。

那個畫面，一直在我的腦海裡面出現，想起就鼻酸。

但，哭泣沒有用！

哭泣還會被打！

被媽媽和威哥哥打！

威哥哥是媽媽的老公（？），他們住在一所老舊的村屋，家裡還有妹妹。妹妹只有一歲多，很可愛，可是很瘦弱。

媽媽從來不照顧我，威哥哥也不喜歡我。每一天他倆就只顧玩手遊，威哥哥很暴躁，每次輸了就會大吼，有時會動粗，往媽媽身上拳打腳踢。

後來他也拿我來發洩，用籐條打我。

我哭，他打得更厲害。

於是，我學會了忍耐。

要哭也只能在睡覺的時候，用被子蓋著頭哭。

但我不是因爲身上的傷而哭，而是掛念公公。

從前公公每天都會做飯給我吃，現在每天只能吃快餐店的外賣——是他們吃剩的二手飯餸。

如果那天他們胃口好，吃光了，我就要捱餓。

我眞的很掛念公公。

我想回到公公身邊。

我想過很多次，要偷跑，回到公公身邊。

但是，公公死了——媽媽說，公公生病，跌倒，失救，死了。

我傷心欲絕。但媽媽卻說可以拿保險金，好開心。

我問媽媽，公公的葬禮幾時進行，我想見公公最後一面，她卻只專注玩手機沒理我，我再追問，威哥哥便打了我一身，叫我不要再吵。

我太傷心了，所以這一次，即使被打，我也一直哭個不停。媽媽終於受不了，咆哮著告訴我公公的下落：我已經跟醫院說不會領他的遺體，叫他們找人火化了就算！妳不要再問！

哇——

怎能這樣對公公？怎能這樣對公公？

我以後都見不著公公了。

我哭得眼睛紅腫，哭到失聲，哭到倦了睡著，才在夢中見到他。

他一如往常的慈祥，摸摸我的頭，抹去我的眼淚，叫我乖，叫我不要哭，要堅強。他說，他喜歡我笑。他讚我是最懂事的孩子。

## 02

搬進錦田之後，我轉了新學校，有一班全新的同學。

可是不知爲何，我好像不大受歡迎，同學們都不肯跟我玩，也不常跟我說話。

我除了掛念公公，也掛念舊日的同學。

我在新學校度過了一段孤獨的日子，然後某天老師調換座位，我跟鄰座的同學成了好友，校園生活才開始好轉。

坐在我旁邊的同學，叫Nia，她常常「黑面」，除了因爲她是中非混血兒，皮膚較爲黝黑外，也因爲她常常板著臉，一臉兇巴巴的。我曾經見過她在小息的時候跟其他同學打架，對方有兩個人，但都打不過她。

聽說她的黑人爸爸在這一區很有勢力，同學們都怕了她。一開始我也不敢跟她說太多話，生怕惹她不高興來打我呢。

有一天，她忘了帶書本，老師叫我跟她合桌，然後把書放在中間，跟她一起看。那次是我跟她第一次靠得那麼近。

第二天，午膳時段，同學們都在享用飯盒，整個課室都瀰漫著飯香。在學校午膳分幾種，一是經學校訂購食物，但媽媽不肯交錢；一是由家人送到學校，以前，公公每天都會煮熱辣辣的新鮮美食拿來給我，但現在即使到了午膳時間，媽媽都還沒起床，當然就不會這樣做了；最後便是自己準備和攜帶餐盒……平時，就算晚飯時分量不足，我也會預留一點留作午餐，但昨晚媽媽一點東西也沒分給我吃。我由昨晚開始，就沒吃過東西了。

咕……肚子在咕咕作響，好餓。

我拿水樽去飲水機裝了滿滿的水，咕嘟咕嘟地灌進口裡，希望可以填飽肚子。

可是不行，還是好餓。

我望向身旁的Nia，嘩，是幾個餡料豐富的飯糰，看起來就很美味。望著她的飯糰，我差點流下口水了。

四字成語「垂涎欲滴」就是形容我此刻的狀況吧？

她望了我一眼，我尷尬死了，便立即迴避她的目光，不敢跟她對視。

豈料她主動問我：「妳有帶便當嗎？」

「我……沒帶啊……」

「妳不肚餓？」

我搖搖頭。

她想了想，拿起一個飯糰，遞給我。

「給妳吃。」

我不敢置信：「真的嗎？」

「真的。」

「要什麼交換嗎？」

「請妳吃，當作多謝妳昨天借書給我看。」

「那……」我吞了一下口水，手已不受控制，取過飯糰：「我不客氣了。」

我一口咬下飯糰，輕輕咀嚼，太美味了！當飯粒經過我的牙齒，滑下我的喉嚨，再掉進我的胃裡，我再忍不住，狼吞虎咽起來。

她問：「還要嗎？」我又一次不敢相信，凶巴巴的她，原來如此大方。

我不敢答好，她卻逕自把手上的一個分成兩半：「最後一個，一人一半吧！」

我感激地接過。

「我叫 Nia。」

「我知道啊。」我吃著飯糰說：「我叫小花。」

「我也知道啊。」Nia笑說。我發覺Nia笑的時候，也跟公公一樣，會瞇起雙眼。

那天開始，我跟Nia便成了出雙入對的好朋友。

很多時候，Nia都會請我吃便當，爲了報答她，放學後我會教她做功課。不過她很沒耐性，做了一會就呵欠連連。

Nia總是說：「做功課很悶，去玩吧。」

「我可以陪妳玩，但玩完之後，要做功課和溫習啊。」

「好啊！」

每一次Nia都爽快答應，但玩完之後她就會裝出一副有神沒氣的模樣。

有一天，我和Nia坐在公園談天。

「小花，妳不覺得讀書很沉悶嗎？」

「看看什麼科目吧。」

「我覺得除了視藝堂、音樂堂和體育堂之外，全部科目都很悶。」

「因爲妳運動很棒，唱歌也很好聽啊！」

「妳爲什麼那麼愛讀書？」

「其實我也不是很喜歡……只是我以前答應過公公，我會努力讀書，將來做個有用的人。」

我想天上的公公一定在看著我，他會知道的。

「小花，爲什麼妳會跟我做朋友？」

「因爲妳願意跟我做朋友，所以我也跟妳做朋友。」

「妳不介意我的膚色跟妳不同嗎？」

「但我跟妳的眼睛、頭髮，還有……」我揭開手背上的藥水膠布，露出結痂的傷口：「血都是一樣色的。」

Nia笑了。

看見Nia笑，我也笑起來。

我很喜歡Nia，我知道Nia也很喜歡我。

我們無時無刻都在一起，無論在學校，還是放學後。我們有時會結伴到文化館打康樂棋，有時會到公園玩，有時會去紅磚屋逛街，有時媽媽大發善心，偶爾給我數十塊零用，我會跟她到士多吃東西。但更多時候，都是她請客。

說起來，那士多大叔做的腸粉眞的很好吃。雖然他不時皺眉頭，不說話的時候樣子比Nia更凶惡，但不知何故，卻深受村中的師奶歡迎。

開始時我不太敢跟他說話，老是躲在Nia後面。後來跟他接觸多了，發覺他並不如外表般木獨，還很慷慨請我們飲汽水（我不是因爲他請我飲汽水才對他改觀呢，何況那次我也沒有接受）。

不過他有點窩囊……雖然對師奶們從來沒有好臉色，但原來卻很怕事和懦弱……

好幾次，我跟Nia在不遠處看見幾個黑人取了他很多東西，卻沒付足錢，大叔也默不作聲。

不過我後來想，就算是瘦骨嶙峋的威哥哥，發起惡來也像惡魔般令人生怕，何況是長得很強壯的黑人？怕和逃避，也是人之常情吧。所以我不應該看不起他。

慢慢的，跟他說話多了，我發覺他應該不是壞人，事實上，還蠻好人的。

我覺得大叔有點像我。

我們都被別人欺凌，卻只能啞忍。

但我覺得大叔比我更可憐。我有Nia這個好朋友，也至少有個可愛的妹妹，但我從沒有見過大叔有朋友或家人來找過他。

他是一個孤獨的大叔。

# 03

以前我很喜歡、甚至很期待入夜。

在公公家，吃完晚飯，做完功課，我們會靠在一起看電視。晚一點，公公經常會煮宵夜給我吃——他的花樣可多了，糖水、水果、碗仔翅、糕點……吃飽了，就可以睡在軟綿綿的床上進入夢鄉。

可是現在，我變得好討厭黑夜。

夜裡，是威哥哥和媽媽活躍的時間。

某天晚上，威哥哥很暴躁，整晚拿著手機吼叫不停。他輸了遊戲便大聲怒吼，說盡不堪入耳的粗言穢語，又用拳頭打牆，令人心膽俱顫，妹妹也嚇得呱呱大哭。

哭聲刺激了他，他居然不停拍打嬰兒床，還大喝：「死女包（注），別哭！收聲！收聲！」

他像瘋了般，妹妹很害怕，我也很害怕。

媽媽終於肯施施然站起來，抱起妹妹，返回房間。這時威哥哥也稍爲冷靜，放下手機，走入廁所。

威哥哥再輸下去的話，我就慘了！因爲我睡在客廳角落裡的冷硬鋪墊上，他的吼聲令我不能安睡，就算睡著了，也常常會給嚇到彈起來。

但如果不睡覺的話，肚子的餓，會變得不能裝作不存在的明顯。

只有睡著了，才能勉強忘記，今天一整天裡，我都沒有吃過一點東西。

我硬著頭皮，走進房間問媽媽有沒有吃的東西。有時候，她會藏起些杯麵或薯片，什麼都好。

媽媽抱著妹妹，吸著菸，呼出奇怪的酸味，樣子怪怪的。她好像沒聽見我跟她說話，搖搖她，問她幾次，她才回答一句，叫我到廚房找找看。

我找遍廚房，都沒有食物。洗手盆上有個吃過的杯麵，拿起一看，發現除了湯未完全喝光，裡面還有些剩餘的配料。

太餓了，我仰起頭，把它們全部倒進口裡。

我吞著口水回到大廳，不小心踏到威哥哥的手機，這下慘了，他馬上衝過來

注：死丫頭的意思，用來罵自家的女兒。

推開我，然後打了我一巴。

「對……對……對不起……」

威哥哥從地上拿起籐條就往我身上鞭打。

「妳爲什麼要踩我的手機？」

「我……不是有心……我……」我左閃右避，但也被打了很多下。

不過這次算好彩，打了一會，手機就傳來叮叮響，大概是遊戲中的隊友催他入局，所以他就放下籐條，繼續打機。

「妳好彩，沒踩爛，不然打死妳！」他拋下一句。

身體的痛，加上肚子眞的很餓，我幾乎哭出來。

但哭是沒用的。

公公說：不要哭，要堅強。

但有什麼辦法呢？沒有錢，我可以去哪裡找到食物？

Nia可以幫我嗎？但現在已很晚了，她應該已經睡了吧。

突然間，我想起一個人。

我靜靜地步出家門（其實根本沒有人阻止我），天很黑，我有點害怕，但我得趕快去找他……雖然不知道他會不會幫我……

死就死吧，我心卜卜跳地走在漆黑的路上，快步走到士多門前。還沒熄燈，太好了，我升起一絲希望。但下一秒我看見大叔正在收拾東西，噢，這下沒了，他已把腸粉的檔子收起。

我要餓暈了。連回家的氣力都快沒有了。

「小花。」

大叔叫我，我回應了他，便絕望地拖著身軀離去。

好不好去便利店，求人家給我一個過期麵包？

在我猶豫之際，大叔卻叫住我。

他問我：「妳是否肚子餓？」

他怎會知道的？

他說要請我吃飯，但我又不好意思。最後，他居然爲了我，重新開爐，炮製了特色腸粉。

填飽了肚子，眞是大滿足。何況還是特製級美食！

我不想回家，於是我問大叔，可不可以參觀他的家。

他的家很簡單，但卻很整潔，最後，他還把他寶貝的《SLAM DUNK》漫畫借給我帶回家看。

這個時候，我已經肯定，他眞是一個大好人！

不過，他好像有點介意我叫他大叔。

他建議我改口叫他浪哥哥，可是我卻不想啊！這個稱呼只會讓我想到威哥哥，所以我還是堅持叫他做大叔。

離去的時候，他像是很擔心我似的，一直送我回家。

因爲不肚餓了，所以沒有了必死的勇氣，當要再次走進那條漆黑的巷子，我便停下腳步，不敢向前走。

大叔叫我想像媽媽在我身邊去對抗驚慌……

唉，大叔並不知道，其實我以前不怕黑的，是自從搬了跟媽媽同住之後，我才開始害怕。

因爲曾經試過一次，我根本沒有惹怒媽媽，她卻突然發脾氣，說不想見到我，然後便把我的嘴用膠帶封著，把我困在濕濕黏黏的廁所裡，而且關上燈。在那裡，時間過得特別漫長，我不知道自己何時會被放出來，感覺非常難受和可怕。

那次以後，我很怕黑。

想像媽媽在我身旁保護我？我只覺得全身起雞皮疙瘩。

不過大叔在旁鼓勵我跨步向前，可能我知道他會一直在背後看著我，所以黑暗好像變得沒想像中般那麼恐怖。

大叔，謝謝你的祕製腸粉，也謝謝你幫我克服恐懼。

回到家後，入睡前我想起公公曾經說過：「如果有人對你有恩，你之後就一定要報恩。這叫做『得人恩果千年記』啊，知道嗎？」嗯，大叔請我吃腸粉，我也想送點東西給他。但他喜歡什麼？我又有什麼可以給他呢？我想了想，拿出公公以前送我的一條哈哈笑毛巾。那時公公說：「我孫女的笑容最漂亮，小花，我希望妳可以常常哈哈笑。」

我一直不捨得用它呢。可是，大叔那條毛巾很骯髒，又常皺眉頭，送這條毛巾給他，應該很適合吧？

收到我的毛巾時，大叔取笑我當他是小孩子，似乎並不欣賞這份禮物。哎呀，那是公公留給我的寶貴東西啊！

起初我有點後悔送了給他，打算過幾天，找個藉口向他索回，不過第二天，我見他已把它掛在頸上。

雖然跟他的外形有點格格不入，但他沒嫌棄，那就好了。

大叔借我看的《SLAM DUNK》真的很好看，我每次拿一本，看完後就可以跟他拿另一期。往後幾天，我跟大叔的話題都圍繞著《SLAM DUNK》，我喜歡流川，他卻說三井最有型！但三井明明是個愛生事的壞蛋啊！

大叔跟我的想法總是很不同，好像那一天，我們看到有隻流浪狗被人虐待綁住，大叔叫我不要救牠，可是我一意孤行，結果連累他被那頭浪浪咬了一口。

大叔怪我不自量力。或許他是對的，但是我想，如果我是那頭流浪狗，我也一定會希望有人來救我吧！

我記起之前有個嘉賓來學校演講，他曾經說過一句話：「莫因善小而不爲」。意思是說，小小的善意，也很重要。

但大叔不以爲意。不過我知道他只是口硬心軟。

後來，大叔發現了我的傷痕。

「妹頭，妳媽媽……時常打妳嗎？」打我的不是媽媽，但我不知如何跟他訴說，只好把袖口拉下來。

「妳那麼瘦弱，會不會受不了，給打死的？」

「不會……死吧？」我打了個寒顫：「大叔，如果我有危險，你會來救我嗎？」他那麼怕事，又怎會救我呢？不過我還是想問問他。就算他沒能力，但騙騙我也是好的。

「不會。」果然……

「你說謊，你會救我的。」我想他其實很誠實，我卻硬說他吹牛。

「我連流浪狗也打不過。」他舉起包紮好的手臂：「哪有能力救人？」也對，可是除了他，我還可以依賴誰呢？

「那樣吧，我以後睡前會把頭飾掛在窗邊，你見到即是安全。如果看不到頭飾，就代表我有危險，到時候你要來救我啊。」

「我既不是蜘蛛人，又不是超人，那些英雄救人的情節我演不來。」他一副漠不關心的樣子。

「但……」

「什麼？」

「你是我的大叔啊。」我在心裡說。

這晚家裡很平靜，媽媽、妹妹跟威哥哥居然早早在房裡睡著了。

我把蝴蝶頭飾掛在窗邊，瞧見大叔在下面點了根菸，跟我揮揮手道別才走開。

第二晚，我靠窗望著下面，竟然看到大叔在我家附近徘徊。我向他猛力揮手，但他吸著菸似乎看不到我。我想大聲叫下去，但害怕被威哥哥責罵，於是我便把頭飾掛在窗花上。我看到大叔仰頭看著這邊，然後把菸蒂伸向石柱捻熄，才動身離去。

雖然他沒跟我打招呼，但我忽然覺得，那是他在假裝沒有看到我而已。沒事沒幹，他根本不用繞遠路從士多走過來。

我的心變得暖暖的。地板依然冷硬，那一夜，我卻笑著入睡。

往後的每一晚，我都記得把頭飾掛在窗花。那是我跟大叔的約定。那是我好好活著的約定。

黑夜，不再那麼討厭。

## *04*

聖誕假期前，學校舉行冬季運動會，我報名參加了一百米跑步比賽。

我跑得蠻快的，所以蠻有信心，一定可以勝出。

直到起跑一刻，我都相信自己可以做得到，但跑了一會我就知道自己贏不了了……因爲我感到鞋頭的小洞開始擴大，如果繼續衝前，可能會令鞋子完全爛掉。

媽媽一定不肯給我買新鞋子的，破掉就慘了，不知道能不能黏回去。

我徐徐放慢了步伐，最後雖完成了比賽，卻包尾落敗。

我還向大叔誇下海口，說一定會拿獎牌，眞丟臉啊！

回到家，媽媽居然問起運動會的事，我對她說比賽輸了，她竟然安慰我起來。

記憶中，媽媽好像從沒安慰過我，原來輸了比賽也不盡是壞事。

媽媽更說，平安夜那天帶我去麥當當吃漢堡包。

嘩，眞是超級大驚喜呀！

我非常非常期待平安夜的來臨。

可是，眞的到了平安夜那天，媽媽睡死了。到了晚上，她仍沒打算起床。

「媽媽，妳不是答應過我去麥當當嗎？」我試著叫醒她。

「別吵！我要睡覺呀！」

媽媽不肯起床，再嚷下去，吵醒她身旁的威哥哥就大件事了。

我失望地走到樓下，四處遊蕩，走著走著就來到大叔的士多前。

我看見大叔吸著菸站在士多外面，望著什麼似的。

咦，原來士多新添了燈飾佈置，閃閃亮的，很漂亮啊！

但他之前不是說過不喜歡佈置嗎？

「大叔……」

大叔沒奇怪我爲何會這個時候出現，露出微笑，叫我到士多裡面等候。

等了一會，大叔便從廚房捧著美食出來，竟然是……漢堡包！比起麥當當那些，脹卜卜的，多了很多配料，一看就知一定好味！

但大叔從來只做腸粉，從沒見到他會做漢堡包啊！

難道……他知道媽媽會爽約，所以特地做給我的嗎？

我捧起漢堡包，張大口咬下去——在吞下第一口的時候，我就已經不爭氣的想哭。

不過我從來都最擅長忍住不哭。

哭泣只會惹麻煩，也沒有人會在意我傷心流淚。

但我的鼻子很酸啊，而視線也變得模糊，眼淚就似不受控制的，快要從眼眶湧出來了啊！

怎麼會想哭的？我明明是很開心啊！

不可以，我不想讓大叔看到我的哭相。

不想他以爲我很難過。

不可以讓大叔覺得爲難。

我索索鼻子，把眼淚都和著食物吞下去。

幸好大叔此時走上二樓，我立即印掉所有不爭氣的淚水，把心思專注在吃東西上。

漢堡包好味、薯條好味、雜果賓治好喝……全都是大叔親手爲我做的，我還有什麼好哭呢？

我應該幸福得大笑起來才對！

我能回報大叔的，就只是最燦爛的笑靨而已。

當大叔再回到樓下時，我已把大餐統統掃清光了。他滿意地笑了笑，溫柔地摸了摸我的頭。

他跟我非親非故，卻比媽媽待我還要好。

我對親生爸爸的記憶已很模糊了，因此我突然想到，如果大叔是我的爸爸，那就好了。

他還提要我明天來聖誕派對，說準備了聖誕禮物要送給我啊！聽到這，我的鼻子又再酸起來。

於是我拿過大叔借我的第七期《SLAM DUNK》就匆匆道別。連大叔說要送我回去，也推掉了。

「我現在已經不怕黑了。」

「眞的不怕？」

「眞的！」

「那妳自己小心點。」

「知道啦。」

當我一轉身，確定大叔看不到我的臉，便再也強忍不了，淚水像決堤般流下來。

我已經很久不哭了，但這刻我忍不住。

這次我哭，不是因爲身體被打的痛楚，不是因爲肚餓的難受，不是沒人疼愛或失去什麼的悲傷，而是比這些更複雜的情緒。

可能我還小，所知道的不多，所以我不懂得形容。

心裡亂糟糟的，當中好像有感動、有歡喜、有難過、有驚訝……

他和我非親非故，卻是現在唯一會疼我的人。

——他是我的大叔。

我的大叔啊！

眼淚呱啦呱啦的，停不下來。

我掩住嘴巴，不想被背後的大叔發現，所以急步蹦跳起來離去。

望著那條漆黑的巷子，我深深吸了口氣，就向前踏出一步。

我已經不怕了！

大叔說得對，我沒做過壞事，根本就不用怕黑。

我小步小步往前走，雖然被黑暗包圍著，但我已不會再恐懼。

公公，如果你在遠方看得見我，請你放心，小花現在很勇敢，我會自己照顧自己，也有人會看顧我，你不用擔心。

可是，正當我快要走出巷子之際……

突然有一隻大掌按住我嘴巴。

我想掙脫，但我的身體已給一雙大手臂凌空抱起。

他把我抱進一輛車子上，然後把我的嘴巴封住。

他是什麼人？爲什麼要捉走我？

我沒能看清楚那人的模樣，他就在我頭上套上黑布袋，眼前隨即一片漆黑。

我好怕好怕，遍體生寒，覺得驚怖，甚至比媽媽困我在廁所時還要害怕。

他要把我帶到哪裡啊？

我什麼也看不見啊！

我想起大叔說過，當我面對黑暗時，想像疼我的人在身邊，那個人會保護我……

如今在我腦海裡，出現了大叔的模樣。

大叔，我有危險啊，你會來救我嗎？

# 第三章

# 我們都一樣

## 01

我媽媽是香港土生土長的黃種人，我爸爸是來自非洲的黑人，我的膚色，當然不白，可是，也不似得純正黑人那種黑。

污糟色，有人這樣說我，我賞了她一巴掌。

我頂著一頭鬈曲的頭髮，最過分的一次，有同學恥笑我，說我的頭髮好像男人的腿毛，我二話不說把他推在地上。

之後，沒有人敢欺負我，但，我也從沒知心朋友。

待得大家知道我的爸爸是誰，就連笑我的人也一併消失了。

大家對我，總保持距離。

村裡也有另外幾個像我這樣的混血兒，在學校裡的遭遇也大同小異。

既然同學們都不把我們這類人當朋友，我也不會傻得懇求他們的友誼。

在學校，我習慣了一個人上課，一個人吃飯，一個人看漫畫，一個人跑步，一個人……怪自由自在的。

直至半年前，一個叫李小花的轉校生來到我們班裡。開始時我沒太留意她，只知道她跟我一樣，沒有人願意跟她玩，沒有人想當她的朋友。

她是另一顆寂寞的行星，我倆默默在各自的軌跡運轉。

直至一次調位，我們的軌道交疊相遇。

她對我，總是憨憨地笑著，溫暖地笑著。

雖然我們誰都沒開口跟對方說話。

我生得高頭大馬，李小花卻長得細細小小的，我想如果是老爸的話，單手就可以把她提起。

我猜想，因爲她吃太少了吧——午飯時分，她總是躡手躡腳，匆匆吃完後就把飯盒收起。我好奇偷看過，她的飯盒好像只有兩口飯，沒有餸菜。

有一天，我忘了帶書本，老師叫她跟我併桌，一起閱讀。

我的手跟她的手放在桌面上時，比較之下，她的小手細得更明顯，好像一折就會斷。

我突然生出一種感覺，如果我對她置之不理，她就會像路邊的初生幼貓一樣，沒食物而餓死。

第二天，我叫媽媽給我多做一些飯糰帶去學校。我看到這天她的午餐，連半粒米飯也沒有，心中泛起一絲不忍。接過我的飯糰，她連聲道謝，聲音微小而震抖，像隻受傷的小動物。

那天以後，我們成了好朋友。

她媽媽和繼父是壞人，以後，小花就由我來保護吧！

我以爲是我幫助了她，但她回報我的，卻是最珍貴的友誼。從沒有朋友的我，現在有了最好最重要的知己。她會不厭其煩教我做功課，上廁所時一起排隊，陪我去玩康樂棋，上視藝課時做我的模特兒，運動會前和我一起練習，替我計時……

還有，我們最喜歡一起往找四季士多的浪叔叔，吃他親手炮製的美味腸粉呢！

浪叔叔對我們很好，雖然不修邊幅，長年掛著一條臭毛巾在開檔，但他總是很關懷我倆。

叫十元腸粉，他給我們吃三十元的分量……我想，他大概也知道小花常常吃不飽吧！

他愈對我們好，我就愈有點內疚，因爲我老爸那些手下，常常來欺負他……那個爛賭鬼阿Ree，每次賭輸了，都會走來士多向浪叔叔討錢。

有一次，我偷偷看到浪叔叔給了他數千元……好慘啊，要賣多少腸粉，才能把錢賺回來？

我很怕浪叔叔會認爲我跟他們是同類人，但浪叔叔說：「妳是妳，他們是他們。決定一個人是怎樣的人，不是他的出身，也不是他的膚色，更不是他是富是貧，而是他做了什麼事。」我不曉得，原來浪叔叔會說這麼嚴肅的道理，我好像聽懂了，又好像不太明白。

## *02*

聖誕節，我和小花跟浪叔叔約定了下午到他那裡吃大餐。我早到了半小時，浪叔叔正在邊喝啤酒，邊爲聖誕樹掛上裝飾。

見我早到了，他叫我先坐下，問我喝不喝可樂，我說不，等小花來再一起喝好了。我問他：「有沒有什麼需要幫手？」

浪叔叔想了想：「有。」然後從身後的架上取出一個鞋盒及花紙出來：「妳幫我包禮物好嗎？」

「是給小花的聖誕禮物？」

「嗯。」

「可以打開看看嗎？」

浪叔叔點頭，我打開來看，原來是對新球鞋。

「浪叔叔，你也有留意到小花的鞋子很破舊？」

「嗯。」

「眞好，有了新球鞋，以後小花上體育課時便不用怕弄破鞋子了。你知道嗎？她跑很快的，但運動會卻拿不到獎牌，就是因爲怕鞋子的缺口被撐大……」

她的腳太小了，我的鞋子都大了幾個碼，想給她一雙也不行。」

「原來是這樣嗎……」

這份聖誕禮物，小花一定會很喜歡。

到了約定的時間，浪叔叔已把豐富的聖誕大餐準備好，待小花到來，便可以開始我們三個人的聖誕派對了。

比約定的時間遲了十五分鐘，小花還沒出現。

「小花很少會遲到的。」我托著頭，有點奇怪。

「可能她要打扮一下才出來吧。」浪叔叔說：「我們再等一會。」

又過了十五分鐘，還未見到小花。

「浪叔叔，已經半小時了。」

「再等一會吧……」我看得出，浪叔叔也有點焦躁。

已經過了一小時，小花始終沒有到來。

她爲何沒出現呢？生病了嗎？還是有其他原因？

她會不會又被那個什麼威哥哥困住？他們又在打她嗎？

我盡往壞處想，很擔心她。

「Nia，」浪叔叔把菸蒂扔在地上：「我們去找妹頭。」

「去哪裡找？」

「去她家看看。」

「但她家裡那個威哥哥好像很凶。」

「不用怕。」浪叔叔步出士多就走。

「不用關舖嗎？」

「不用了，有人買東西的話，他們會把錢放下。」浪叔叔頭也不回就往前走：「走吧。」

浪叔叔的腳步很急，我雖然跟得有點吃力，但還是努力隨行。

來到小花家樓下，浪叔叔抬頭望向樓房窗口，眉頭忽然皺得更緊。

他停了下來，原地站著，像在思考什麼。

「浪叔叔，什麼事啊？」

隔了幾秒，浪叔叔望著我說：「小花可能出了事。」

「什麼事啊？」

「她跟我有個約定，每晚睡前都會把蝴蝶頭飾掛在窗口，那表示她安全無恙。」

我抬頭望向小花住的單位，慌張地說：「窗口沒有蝴蝶頭飾啊……小花是否出事了？」

浪叔叔沒有回話，走到村屋入口。這幢樓並無閘門，他踏上梯級，來到一樓按門鈴，可是按了幾下都沒有人應門。

浪叔叔和我把耳朵貼向木門，明明聽到裡面有人聲啊！他嘗試扭動門把，大門居然沒上鎖，輕易便給他推開了。

跟在浪叔叔後面的我，開始緊張起來。

推門而入，一陣酸臭撲鼻而來。屋裡環境很糟糕，大廳有很多垃圾，一地都是用過的杯碟和外賣飯盒，隱約還見到有隻蟑螂在垃圾堆上走過！

大廳一角有張軟墊，上面放了小花的書包，還有摺好了的校服，那就是小花的床鋪嗎？

我聽小花說過，她家的環境很不好……但我不知道，眞的惡劣到這個地步……

一個鼠頭獐目的男人正在玩手遊，看見我們直刺刺走進來，居然也沒有表現得很驚訝。

他手中拿著一支比香菸細一點的東西，含在嘴裡吸了一口。

「你們是誰啊？」

男人目光迷離，呼出一口怪味煙圈。

「小花呢？」

「你是老師嗎？」男人左右望了望，指著身後房間：「不知道呀，你問她老母啦。」

浪叔叔叫我站在原位，自己跨過垃圾堆，走進房間。房門後，有個女人躺在床上，身旁有張嬰兒床。

小花似乎不在裡面……

「妳女兒在哪？」

小花的母親指著嬰兒床：「我女兒？嘻，不就在這裡嗎！」

「妳另一個女兒小花呀，她在哪裡？」

「小花？」她抓抓頭髮：「不知道啊，上學了吧。」

說完竟然倒頭又睡去。

砰——

浪叔叔突然一拳打在房門上，嚇得小花媽媽彈起來。

「誰啊你？搞什麼鬼？」

浪叔叔步出房間，定眼望著小花睡覺的床鋪。

他的視線移向男人腳邊的籐條，蹲下來把它拾起。

望著手中籐條，浪叔叔的怒火好像一下子升溫。

「@＊&%#&——」男人只顧對著手機大呼小叫，無視浪叔叔的怒視。

突然，浪叔叔急步走前，一手奪去他的手機，猛力擲向牆上。

望見這情境，連我也嚇一大跳！

「你幹什麼？你幹什麼呀!?」那男人撲到浪叔叔身上狂抓。

浪叔叔揮臂，男人的臉上立即多了一條又紅又粗的籐條痕。

「你幹嘛打我？」

浪叔叔沒回答，竟然一拳打向男人的臉，男人啪一聲倒地。他掩著臉痛得嗚嗚的叫。

原來浪叔叔也會發火。

發起火來，相當可怕！

「說，小花去了哪兒？」

男人的話含糊不清：「我……不知……道，她由昨晚……開始，就沒……回家……」

即是說，小花失蹤了？

聽到這消息，我十分驚慌：「浪叔叔，怎麼辦好呀？小花去了哪裡啊？」

走到樓下，浪叔叔沉思了一會，說：「不用擔心，我認識一位警察朋友，現在就找他。」說完便打出一通電話。

「阿波，我是阿浪，有事找你幫手。」

浪叔叔向電話筒那頭，說出小花不見了的經過。

「她父母？那對人渣，不會理她……」浪叔叔隔了一會，似乎是回應那個警察的提問：「就算我跟她非親非故，現在報案不行嗎？」

他們對話幾句後，浪叔叔就激動起來。

「不受理？」浪叔叔怒道：「你們警察不理是吧？好，那我就自己理！」

掛線後，浪叔叔說，那位警察讓他叫小花的父母親自去報案。

「那個警察不是你朋友嗎？爲何他不肯幫我們啊？」

浪叔叔沒有回答我的話。

「現在怎麼辦？」我慌張得快要落淚，浪叔叔蹲下來望著我。

「Nia，如果妹頭不是自己離開，就很可能被人抓走了。」

被人抓走？聽到這句話，我終於忍不住，哭出來了。

有誰可以幫幫我們？有誰可以救小花啊？

「嗚嗚嗚……小花又不是有錢人，怎會被抓走？」

「妳先別哭。」浪叔叔用那條哈哈笑毛巾抹去我的淚水。

「浪叔叔……你會有辦法嗎？」

浪叔叔原路折返士多，途中經過一間賣香燭的雜貨店，他走進店內。

「浪哥，有什麼光顧？」雜貨店伯伯說。

「興伯，我想借你店子昨晚的監控記錄看看。」浪叔叔指著店外的閉路電視裝置。

「你要來幹嘛？」

「小花昨天在附近失蹤，我想看看有什麼線索。」

「小花……」伯伯想了想：「那個時常在你士多看電視的女孩？」

「嗯。」

「我的閉路電視在這兩天關上了。」伯伯欲言又止：「不只是我，附近幾間店舖都一樣……」

「怎會這樣？」

伯伯把頭貼近浪叔叔，耳語了幾句；浪叔叔道謝後步出店鋪離去。

「Nia，我要妳幫我一件事。」

「什麼事啊？」

浪叔叔以我從未看過的堅定和認眞：「帶我見妳爸爸。」

爲什麼要見我的爸爸？

雖然爸爸在錦田有點勢力，但他絕不會做這種事情的啊！

「爸爸……爸爸他不會幹這種事的……他不會捉走小花……」我焦急起來。

「我知道他不會，但他可能會知道抓走妹頭的是哪一幫人。」

眞的，爸爸會知道嗎？

我猶豫起來，因爲爸爸從不准我到他工作的地方。我不聽話，鐵定會挨罵。

但爲了小花啊！

沒辦法了，就算今次被罵被打，我也不可以袖手旁觀吧？

我向浪叔叔重重地點點頭。

不過我擔心，浪叔叔未見到爸爸，就已被阿Ree打倒了。

*03*

我把浪叔叔帶到爸爸和他手下平日待的地方，那是一個本來丟空了的圍村鄉公所。

我們走到鄉公所外面，遠遠便看見阿Ree跟另一個同伴在外面吸著菸。

我指向鄉公所：「爸爸應該就在裡面。」

「妳想留在這裡，還是跟我一起去？」

「跟你一起。」

「那，走吧。」

浪叔叔往前行，還未到達，阿Ree已發現了他，露出一臉不悅。

我跟在浪叔叔的身後，緊張得要命。

我們終於來到阿Ree面前，他瞄了我一眼，就對浪叔叔噴出一口煙。

「士多佬，你來幹嘛？」

我正想說話，浪叔叔已搶先一步。

「我有事找你老大Pepper哥。」

面對比自己高很多的阿Ree，浪叔叔不但沒怯懼，而且裝得很鎮定，沒逃避他的眼神。

「你以爲你是誰？」阿Ree用手指戳向浪哥哥心口。

「麻煩兩位讓路。」

阿Ree一副想把浪叔叔痛毆的模樣，我以爲這次浪叔叔會退讓，豈料他的視線一直沒離開過，死盯著阿Ree。

「士多佬，你到底想搞什麼？」

「沒搞什麼，只想當面問Pepper哥一件事。」

「吓？我沒聽錯吧，你這種角色，竟會有事問我老大？」阿Ree笑得很衰：「我老大沒時間應酬你，滾回士多去吧。」

阿Ree作勢拍打浪叔叔的臉，我閉上眼不敢看下去……

「吔——」

一聲慘叫，人便跪在地上。

跪下來的，竟不是浪叔叔，而是Ree！

怎會這樣？

生氣的浪叔叔，像變了另一個人似的！

只見浪叔叔的手扣住了Ree的腕部，這個大牛龜，居然會發出痛不欲生的怪叫。

另一人想上前，浪叔叔卻用另一隻手截停他：「你再走前一步，他的手就要斷了。」

浪叔叔此刻好神勇，面對Ree，不但沒有了平日的畏首畏尾，眼神還很凌厲。

這個場面，令我感覺很怪異……難道，浪叔叔是什麼超級英雄？往日只是深藏不露？

「放手，放手啊……」Ree：「士多佬，你死定了……」

浪叔叔手一扭，Ree便叫得更大聲；但浪叔叔沒罷休，他殺氣騰騰，扯著Ree步入鄉公所。

大廳裡煙霧瀰漫，我嗆住瞇起眼，隱約看見爸爸正跟幾位叔叔圍在一起，在談些什麼……他看見我了，本身的黑臉，更如玄壇。

「Nia，幹嘛走到這裡？」

我怕得不敢回話，浪叔叔搶著回答：「不關Nia事，是我叫她帶我來的。」

爸爸把眼神從我的臉，慢慢轉向浪叔叔，怒瞪著他，一句話也沒說。

浪叔叔放手，Ree隨即走到爸爸身旁：「他……他是個士多佬！」

「士多佬？」爸爸瞪著Ree：「連士多佬也可以把你搞成這樣？」

Ree答不上話。

爸爸向一眾叔叔揚手，眾人便離開大廳。

「爸爸……」

我正想走前，爸爸卻喝止：「站著！」

別看爸爸看起來凶巴巴，但他一向很愛護媽媽，也很疼我，平日絕少對我喝罵。我想他現在應該很生氣，很惱我了。

此時的他收起了笑容，一副雷霆震怒的模樣；連我跟他如此親厚，也不敢抬頭望他，我想普通人給他盯著，一定很不自在。

浪叔叔卻好像毫無怯意，不但沒被嚇怕，還一直跟爸爸對峙著，沒半點退讓之意。

「Pepper哥，我不是來鬧事，我只想問你一件事情。」

「無端走個人出來問我事情我就要解答……」爸爸敲著桌面說：「你當這裡是商場詢問處嗎？」

「沒得到你同意闖進來，是我不對，待事件結束後，我會親自向你賠罪，到時候你要劏要殺也無所謂。」浪叔叔全無懼色：「這件事關乎一個女孩的性命，所以我希望Pepper哥可以幫我這個忙。」

爸爸摸著下巴，想了想：「你是那個女孩的爸爸？」

「不是……」

「那你就繼續當你的士多佬，不要多事。」

我搶著說：「小花是我最要好的朋友呀！」

爸爸矚了我一眼。

「Pepper哥，我知道販賣兒童這種勾當不是你的作風，我只想你告訴我，是哪一幫人幹的？」

「每天有那麼多人口失蹤，我怎知道是哪幫人下手？」

「他們在你的地盤下手，應該會事先通知你。」

「你的膽子真大，不但走入我地方打傷我的人，還竟然來質問我？」爸爸直視浪叔叔：「你到底知不知道自己跟誰說話？」

「我知，Pepper哥是全錦田最大勢力的黑幫頭目，所以我才會來找你。」

爸爸不喜歡別人在我面前提起他的黑幫身分，這次浪叔叔慘了。

浪叔叔不知道，這句話觸動到爸爸的神經了！死了！

爸爸怒氣沖沖：「你到底是誰？」

「我只是個開士多的。」浪叔叔：「Pepper哥，現在有個小孩等著我去救，請告訴我是誰幹的吧。」

「我不知道。」

「你怎樣才可以告訴我？」

「我什麼也不知。」

「爸爸，我求求你吧！」我忍不住插嘴，我希望爸爸眞的知道小花的下落。

浪叔叔的語氣像是有點傷感：「你也有兒女，換成是Nia被人捉走，也會想盡辦法去營救她吧。」

「還是這一句，我什麼也不知道。」

「不知道？」浪叔叔：「如果你眞的不知道，爲什麼要把附近店鋪的閉路電視關上？」

是這樣嗎？的確，附近店鋪的人，都最怕爸爸他們。

眞的是爸爸下令嗎？

爸爸沒回話，他掃了我一眼，然後瞪著浪叔叔。

「我再說一次，我什麼也不知。就算知道，我也不會告訴你。」爸爸斬釘截鐵：「我跟你膚色不同，沒有話再跟你說。」

爸爸的強硬態度，再沒有任何談判餘地。浪叔叔一時間似乎也想不出其他法子。

我不相信爸爸擄走小花，但聽著對話，我猜他應該眞的知道是哪一幫人所幹的。我不知道是什麼原因，他不肯說出來。

我見浪叔叔一副無計可施的樣子，對爸爸開始由懼怕，變得生氣起來。

我也氣自己，身處險境的小花一定很害怕，而我身爲她最好的朋友，明明知道線索在眼前，卻什麼也做不來，我眞沒用啊！

我想起了跟小花成爲朋友的畫面，想起了跟她一起的快樂時光。

想起有一次，我問她爲什麼願意跟我成爲朋友……

——「因爲妳肯跟我做朋友，所以我也跟妳做朋友。」

——「妳不介意我的膚色跟妳不同嗎？」

——那時的她，默默想了想，然後揭開手背上的藥水膠布，露出還滲著血的傷口：「但我跟妳的血，都是一樣色的呀！」

我深深地吸了口氣，大膽踏前一步。

然後把指甲嵌入皮膚。

「爸爸，雖然我跟小花的膚色不同，但……」我用力一拉，便劃出兩道血痕：「我們的血是同一顏色啊！」

我看得出爸爸有點於心不忍，但他還是壓住了情緒，沒有走過來。他的情緒明顯牽動了，證明我的做法起了作用。只要我下手再重一點，他定會軟起心腸，說出那幫人的身分吧？

於是我把手提起，正要在臉上劃下，浪叔叔卻抓住了我手臂。

「算了。」浪叔叔失落地望著我：「連自己的女兒受傷也無動於衷，他又怎會理會其他人的生死。」

我望著爸爸，祈求他可以開口，告訴我們小花的下落。但等了一會，他一句話也沒有說，只一直盯著我。

從小到大，雖然我知道爸爸或許在幹著不法勾當，但我還是很喜歡很尊敬我的爸爸。他對朋友有情有義，對居住在香港的黑人同鄉萬般照顧，對媽媽和我很愛護，從不讓人傷害我們……我一直當他是我的偶像，但此刻我卻對他生出恨意！

「我恨你。」

說完這句話，我雙眼已經通紅，我知道自己快將忍不住，要哭喊出來。

我拖上浪叔叔的手，打算與他一同離去。當我轉身時，爸爸叫停了我。

「Nia，妳去哪啊？」

「跟浪叔叔救我們的朋友！」

「妳給我站著！」

我回身，瞪著爸爸。

「我擔心小花呀！」

「妳留下來。」爸爸望著浪叔叔：「那幫人你惹不起的。」

「惹不起也要惹。」

「那你可能會死。」

「過馬路都可能會死。」

「Nia，這件事絕不是爸爸幹的，也不知道他們的目標，原來是妳的好朋友……」爸爸軟化了：「我只是收了他們的十個幣作買路錢，他們幹什麼我事前眞的不知。」

「什麼幣？」

「比特幣(注)呀。」

「怎樣找到他們？」

「我只知道，那幫人每晚九點都會在旺角信達商場買賣加密貨幣。」

「謝謝。」

爸爸最後也把線索說出來，但浪叔叔可有辦法營救小花？

浪叔叔離開鄉公所，我尾隨，爸爸卻把我喝住。

「Nia，不要去。」

浪叔叔轉身，蹲下來，摸摸我的頭：「Nia，回到爸爸身邊吧。」

我一直以來所認識的浪叔叔，只是個懶洋洋的士多大叔，但今天我卻知道，他不單並非是個怕事的人，更是一個很會打的錚錚硬漢子。

我覺得，或許他眞的可以救回小花。

「浪叔叔，你一定要把小花帶回來呀！我們還要一起開派對啊！」說著說著，我已經哭得稀里嘩啦。

已經很久，我沒有哭得這麼慘了。

被人排斥不哭，被人取笑不哭，被人歧視不哭……

但沒有了小花，我大概會哭一輩子吧！

「別哭，小花無論遇到什麼困難，都很少哭的……妳也要像她般堅強……」

我點點頭。

「等我們回來，再吃大餐。」

我再點點頭。

——浪叔叔，我和小花，都相信你。

注：Bitcoin（縮寫：BTC或XBT），二〇〇九年問世的一種數位資產，一種P2P形式的虛擬貨幣。利用點對點網路協助轉移價值，無需銀行或中央機構介入。比特幣是數位貨幣，沒有實物流通。在某些國家、央行、政府機關則將比特幣視為虛擬商品，而不認為是貨幣。

# 第四章
# 救妹頭

# 01

阿浪預感，這將會是相當漫長的一夜。

當其他人還在享受平安喜樂的聖誕佳節，他卻必須背道而馳，前往惡魔魑魅晦暗不明的巢穴。

他覺得腳步滯重難行，但他必須竭力挪動。

別過Pepper哥及Nia，阿浪沒有即時出九龍；他回到士多關鋪，上樓澆了個冷水澡，讓神智清醒，然後換上一身衣裝，帶上妹頭送給他的毛巾，才出發。

他發動車子，正式踏上營救妹頭的征途。

此刻他仍疑問重重。拐帶兒童的勾當在香港雖不普遍，但也偶有發生；只是，標參（綁票）大都牽涉金錢勒索，妹頭絕非有錢人家的女兒，又怎會被對方盯上？

若說擄人者沒有固定目標，事件只是隨機發生，妹頭不幸中籤受害，那幾乎也是否定的。

抓走妹頭的人事前買通Pepper哥，顯然一早已鎖定了她，那就不是普通的拐帶，而是有預謀的擄拐！

究竟爲了什麼？此刻的他還是理不出頭緒。

無論如何，他只有靠一己之力，揪出幕後主腦，找出答案！

晚上十點十五分。

阿浪根據Pepper哥的線報，來到信達商場，那是一座售賣潮流雜物的小型商場。阿浪滿腹疑竇：到底是去錯了地方，還是Pepper哥隨意說個位置打發自己？

可是既然已經來到，阿浪暫時沒第二條路可選，便儘管上去看看。

商場的正門下了大閘，鐵閘中間卻有道小門並未上鎖，於是阿浪推門而入。

拾級而上來到二樓，店鋪全關，空無一人。

此時嘈雜聲隱約從上層傳來，阿浪循聲放輕腳步往上走。

甫上三樓，便見有三個廿來歲的青年把守。他們一見阿浪，立即起了戒心，露出極不友善目光，打量著他。

但阿浪只有一人，打扮亦不似江湖人，三青年並不放眼裡，未見防範。

「阿叔！什麼時候呀？店鋪全關了，要買東西？明天請早啦！」青年甲粗聲粗氣地喝過去。

阿浪沒理會他的話，繼續踏步而上，來到他們身前，被三人攔住。

「阿叔，你耳聾啊？」

阿浪不理會，轉頭看向另一邊，他看到商場其中一條通道盡頭聚了幾個人，都在吞雲吐霧，有個臉上穿了多個鐵環，有個髮型打扮相當誇張。

當中一個穿著背心，雙臂全是刺青，一臉戙相，流露威勢，該是這班人的頭目。

阿浪還留意到，刺青男手中拿著一個布袋。

青年甲見阿浪把他當成透明，一怒之下就挨到他耳邊大吼：「阿叔，我再說一遍……」

啪——

那青年還未說完整句話，便吃了阿浪一記重重的耳光。

一巴掌朝他耳窩位置拍打過去，青年被打至天旋地轉，暈倒地上，不省人事。

目睹這一幕，其餘兩人已知眼前的阿叔是有目的而來，二話不說就撲前掄拳。

可他們的拳還未觸及阿浪，便先各自吃了一記來自阿浪的重拳，隨即雙雙抱著肚腹跪了下來，連哼一聲也發不出，只能擠出醜陋的痛苦表情。

兩三下手勢解決三人，很難不驚動其他人。阿浪此時成了通道裡那班人的焦點，十幾雙眼睛同時投到他身上。

「站著，別動！」刺青男大喝過去。

見阿浪來意不善，小混混們個個裝起架勢，由刺青男領頭向他步去。

刺青男走到阿浪面前：「你是誰呀？」

「你是他們的老大？」阿浪全不理會刺青男的問話，木然道：「我有事問你。」

「問你媽的！」刺青男喝道：「動手！」

刺青男一聲令下，所有人便向阿浪衝過去。

面對如此陣容，阿浪依然無動於衷，他知道，要解決他們，無非是用絕對暴力——那，來自他的一雙拳頭！

阿浪雖然不肯定妹頭的失蹤跟眼前這班人有沒有扯上任何關係，也不知道他們正幹著什麼勾當，但從他們的張狂意態，已可以斷定，這伙人並非什麼好人。

第一個人，走到阿浪身前，到倒下，只須一秒。

從這一秒開始計起，秒針才不過走了一圈，所有小混混居然逐個逐個倒下——拳頭打擊肉體的聲響，劈里啪啦劈啪劈啪，像首瘋狂撥弦的樂曲。

循刺青男的視點望過去，只見自己的手下沒一個能動阿浪分毫。

站在倒下的血肉當中，阿浪凌厲地盯著刺青男。

一臉鐵青，眼神冷漠得像是沒有任何人類情感，是小花和Nia從未見過的另一個張浪。

今夜，這頭野獸，被釋放。

刺青男再也張狂不起，一股寒意從背脊升起，他瞥見地上其中一人，滿口鮮血，掉了門牙，在痛苦翻騰。眼角瞄向阿浪的拳頭，發現他的指骨間，居然嵌入了一顆……牙齒。

當阿浪再次站到刺青男面前時，刺青男一臉都是冷汗。

見識過阿浪身手，刺青男相信對方擁有瞬間折斷自己手腳的能力，所以他沒有跟他動武的打算。

阿浪一直盯著他，猶如死神的瞪視，刺青男唯有硬著頭皮開口：「你是哪一路的？」

阿浪沒回答，繼續盯著他。如果眼神能殺敵，刺青男已被千刀萬剮。

「你想要錢？」

阿浪取出手機，把他跟妹頭的合照給對方看。

「她在哪？」阿浪以沒起伏的語調質問。

「我沒見過這女孩……」

「她在哪？」阿浪仍然是這問句。

刺青男嚇得雙手抖震，正不知如何答話，阿浪已一手鎖住他的脖子。

阿浪手勁其大，刺青男被勒得滿面漲紅，快要窒息。

「放……手……」刺青男手中的布袋掉落地上，雙手掙扎亂抓。

阿浪見到布袋裡面全是鈔票，再望向遠處那部類似電子櫃員機的東西，皺起眉頭。

Pepper哥說過，他們在商場購買加密貨幣，這點似乎沒說謊。

加密貨幣交易不需使用眞名及銀行帳號，只要以現金兌換成虛擬貨幣，轉一圈後，再換回現金，就可以將錢洗白。

這幫人正在爲上頭進行「洗錢」。

「我……眞的沒見過……她……」

刺青男被勒得快要斷氣，卻仍然否認捉了妹頭，看其反應不像說謊。

不過就算跟眼前的刺青男無關，阿浪直覺認爲，跟他的組織脫不了關係。

刺青男的手機就在此時響起，阿浪鬆手，任由他接聽。脫困的刺青男一邊猛咳，一邊慌忙地從口袋取出電話。

「喂……咳咳咳……來……咳咳咳……哥……」

「咳嗽得如此厲害，有沒有看醫生？」電話另一端的人說。

「我……」

「有病就看醫生，不過要先完成工作。今晚順利嗎？」

「咳……不太順利……出了些狀況……」

「哦？請問是出了什麼狀況呢？」

「來了個大叔，把我們的人都打倒了。」

「哦，那麼有趣？那個大叔現在在哪？」

「在我面前。」

「把電話給他。」

刺青男把電話遞前：「我老大找你。」

阿浪接過電話：「喂。」

「你是誰？」

阿浪沒回話。

「喂喂、喂喂喂。怎麼啦？不夠膽出聲？那你聽住了，我不是嚇唬你，而是要告訴你一個事實——你接下來的人生，將會非常、非常、非常、非常之麻煩。」

聽著電話筒傳來的聲音，令阿浪愣住。不是因爲對方的話嚇怕了他，而是那個叫阿來的男人，有一個令阿浪永世難忘的聲線。

沉默了一會，阿浪終於回話：「泰來。」

「你認識我？」

「我是阿浪——張浪。」

「張浪？」泰來頓了頓，然後語帶興奮說：「浪哥！怎會是你？你不是退隱了嗎？今日重出江湖，是不是有什麼復仇大計？」

「你昨晚是否在錦田抓了個女孩？」

「實不相瞞，是。她叫小花嘛，沒錯，是我做的。」泰來輕狂地笑起來：「你倆認識的嗎？不會那麼巧合吧？」

「是因爲我的緣故？」

「當然不是啦，你以爲你還那麼重要嗎？真的只是——搞笑得很的巧合呀，哈哈哈！」

「那，可不可以放了她？」

「當然不可以啦，如果因爲你一句話就放了她，我又爲什麼要抓她回來呢？浪哥，我跟你雖然有交情，但我也要跟其他兄弟交代的。」

「爲什麼要捉她？」

「這個嘛……無可奉告。」

「你要怎樣才肯放她？」

「說句實話，我不但不會放她，而且還打算殺了她。」

阿浪抓緊電話，在還未知道泰來要拿妹頭來做什麼前，他壓住情緒，叫自己不可衝動。

「不過今次因爲小花我才可以再聽到你的聲音，說不定命運要給我們再一次碰面機會啊。」泰來語調輕浮，繼續說：「這樣吧，我給你八小時，時限一過，神仙也保不了她的命。再見。」

## *02*

工廈單位內，身穿銀色運動服的泰來掛了線，隨即露出笑意，走到一個被鎖在櫈上的男子面前，蹲下來望著他。

「火牛哥，我們繼續。」

「泰來哥……眞的不是我啊……」

「我的樣子，像不像唐氏綜合症患者？」

「當然……不像……」

「那就不要對我說謊啦。到了這地步，你再裝無辜，就是當我白癡，侮辱我的智力。」泰來收起笑意：「你把我們的情報——賣了給警察。」

給當場揭穿，火牛的懼意完全顯露在臉上。

「我連你把情報放了給誰，那個警察的警察編號、電話號碼都知道！波Sir嘛，需要我現在致電給他求證嗎？」

到了這時候，火牛知道否認也沒有用，不如想辦法保命還更實際。

火牛看見泰來後面有一個大塊頭，手執火槍對著面前的巨大鐵籠猛燒，燒得鐵欄通紅，畫面怪異得叫人感到異常不安。

「泰來哥，對不起……」

「No No No No No……不用說對不起，你是線人，把搜尋回來的資料賣給警方，是天經地義的事，所以你沒有錯。」泰來站起來走到火牛身後：「我沒怪你，不過就這樣放了你，又好像說不通……」

泰來爲火牛鬆綁，然後走到一座黑膠唱碟機前，輕放唱針。

「一首歌。」泰來鬆鬆筋骨：「這首歌播完後你仍能站著，可以離開。」

揚聲器響起歌曲的前奏，那是周杰倫的歌曲。

好應景的——〈一首歌的時間〉。

火牛站起來，他沒有選擇餘地，要活著走出這裡，就得拚了命博這一局。

「Come on。」泰來笑說。

論體型，火牛比泰來高大；若雙方都沒武器，公平對決，火牛覺得自己也非全無勝算。

一首歌的時間雖只有幾分鐘，但對於火牛來說，是漫長的。

火牛不敢進攻，一直站在原地，只想那首歌可以快一點播完。

出奇地，泰來也沒有上前，竟然合起眼，跟著歌曲的節奏搖擺著身體。

**雨淋濕了天空　毀得很講究**

**你說你不懂　爲何在這時牽手**

泰來跟著唱，是不堪入耳的歌聲……

他一直唱，火牛眞希望他一直唱到那首歌播完爲止。

唱到了副歌的時候，泰來全情投入，提高了嗓子。

**能不能給我一首歌的時間**

**緊緊的把那擁抱變成永遠**

調子太高，泰來破了音。

突然，他張開雙目，透出了殺氣。

泰來動身，向火牛衝至。

「你不會以爲我打算一直把歌唱完吧？」泰來已來到火牛身前。

面對眼前那殺氣大盛的男人，火牛想動手，可全身的神經卻像被一股巨大的力量鎖住，叫他僵在原地。

一首歌的時間之後，火牛的四肢關節不尋常地扭曲，捲著身子昏死在地上。

泰來看著半死不活的火牛，露出了殘忍的微笑。

「你看你現在像什麼？」泰來蹲下來：「像一頭等死的大蝦。」

泰來抓住火牛身體，把他抬起，想也不想就把他扔入那個燒得紅紅的鐵籠內。

「嘩——」

本來已失去知覺的火牛，給扔到籠內，立即如生蝦般猛跳。

皮肉被火紅的鐵支灼得嚴重燒傷，痛得猛烈掙扎，發出破天慘叫。

「現在生猛得多呢。」

聽著對方的淒厲叫聲，泰來臉上流露出得意神情。看著火牛被活活折磨，他感到無比治癒。

泰來這個人，行事乖戾，沒同理心。

如果拿他去做腦掃描，他的大腦結構大抵與連環殺手一樣：缺少灰質、杏仁核偏細、前扣帶皮質活動較低、眶皮質不活躍，換言之，是個天生的心理變態。

在他而言，性命並無任何價值，只要他性起，會毫不猶豫幹掉他的敵人。

不過他自訂了個變態規則：直截了當殺人不夠痛快，要先給予對頭機會，再把他的希望幻滅，令他在絕望中死去，才夠過癮。

那是他深表自傲的凌虐殺人法。泰來獨創，只此一家。

火牛死了，泰來已急不及待跟下個對手，展開另一場遊戲。

泰來跟阿浪是舊識，兩人之間有著千絲萬縷的恩怨。本已遠離這個圈子的阿浪，卻因爲天意撥弄，即將又要跟這頭瘋子交手。

## 03

得知泰來是擄劫妹頭的幕後人物，阿浪沒有久留商場，扭斷了刺青男三根手指後仍未能從他口中套出泰來的所在地就走了。

狡兔三窟，泰來的行蹤一向神祕，除非是自己主動透露，否則就算是他最寵信的門生，也不會知道他刻下的藏身位置。

現在總算知道妹頭失蹤跟誰有關，起碼算是有點頭緒。不過更大的難題來了，抓走妹頭的人是泰來，那是個極度麻煩的傢伙，雖不知道他捉走妹頭的動機，但要從他手上救人也並非易事。距離泰來所定下的救人時限只有八小時，阿浪必須小心計畫下一步，一旦衝動，隨時斷送妹頭性命。

他跟泰來的恩怨情仇，像匹老太婆的裹腳布——又臭又長。

他了解泰來的手法、作風，又或者稱爲嗜好才對——對殺害獵物這道主菜，他根本興趣缺缺，摧殘對手的意志與希望才是他愛的前菜，是他達致高潮所在。

阿浪知道，現在泰來知道了這世上難得還有令他著緊的人，這賤人絕對不會放過玩弄他的機會，故此，妹頭應該還未遇害。

阿浪對自己說，這一次，絕不可以衝動魯莽；無論付上任何代價，也要救出妹頭。

問題是，妹頭會在哪裡？泰來雖然說過給他八小時期限，但他的說話又豈可盡信？現下每分每刻都相當重要，不能呆著浪費，最急切的，就是要先找出泰來的位置！不過他已有一段日子未有涉足江湖，泰來會在哪裡出沒，他完全茫無頭緒。

誰能幫到自己？

有了，阿浪想起一位老朋友。

*04*

「細榮、肥B，盛飯、取菜！」

舊式冰室內，一個聲音從廚房傳出來。

叫細榮和肥B的兩位食客聽到洪鐘聲線叫喚自己的名字，即精明起身，走到廚房連接大廳的傳菜位，瞧見剛煮起了兩味小菜，正想拿取，卻被喝止。

「你沒耳朵，聽不到我說什麼嗎？」廚房裡的聲音說：「我叫你們盛飯、取餸，你盛飯了沒有？」

「一時搞錯了，對不起，勝文哥！」

細榮立即走到廚房門邊，拎起飯煲煲蓋，從疊起的飯碗堆，拿起飯碗盛飯。

「次序不可以錯，知道嗎？」年約五十的冰室老闆，邊抹著手邊從廚房步出。

「知道、知道。」拿著白飯的細榮有禮回答。

「爲什麼今日吃那麼少飯？」勝文望著細榮手中的白飯說：「減肥嗎？」

「不是啊，今天不太肚餓……」

「我說過很多次了，不肚餓就別來吃飯。」勝文望著飯煲，用下巴示意細榮添加白飯。

細榮雖然是顧客，卻不敢有異議，乖乖聽命。

「盛好飯就自己快取菜，涼了就不好吃。」

「嗯嗯。」

大廳放了幾張大小不一的飯桌，每枱都坐滿人，桌上放著的都是普通住家菜式，沒有珍饈百味、也沒有花巧賣相，平實得任何家庭主婦也能做。

表面看來只是家沒甚特色的尋常店子，但看牆上掛著的合照，就知道這家飯堂並非外表般簡單。

每幀照片的人物都甚有來頭，有明星、有黑道，最震撼一張，是一向深居簡出、絕少露面、人稱活神仙的青龍王，居然也曾是這飯堂的座上客。

這家冰室沒有侍應，全部客人都要自己招呼自己。自己添飯，自己拿菜，自己倒茶，吃飽了還要自己執枱，抹乾淨才走；更奇特的是，這裡也沒有餐牌，來到坐下，老闆煮什麼，你就得吃什麼。食客們都沒有異議，只因他煮出來的東西大都很對胃口；他亦記住了每一個人的喜好，誰愛吃雞皮、誰戒吃牛肉、誰痛風不能吃海鮮……他都了然於胸，一清二楚。

雖然勝文常常很嘮嘈，人一多，忙起來就會鬧脾氣、罵客人，但熟客都知道他心地不錯，惡口慈心，所以都不會還口，由他發洩。

忙完一輪，勝文走到一枱客人前：「今日的菜式合胃口嗎？」

「好味道！」食客豎起拇指。

「那就記得要乾淨啊。」勝文笑笑口說：「你該知道我不喜歡人浪費啦。」

「知道、知道。」

「慢慢吃。」勝文拍拍食客肩膀。

跟幾個客人寒暄一番後，勝文便躺臥在一張尼龍椅上小休一會，任由他養在店中的老貓踏著肚皮。食客吃飽了，就自發清理桌面。見他大剌剌躺著閉目養神，客人都不敢打擾他，把飯錢放在桌上就走，像極武俠片中的付款方式。

正想小睡一會才收鋪，卻聽到一陣急速步伐，張眼一看，就見阿浪從大門步入來。

勝文跟阿浪默默對望了一會兒。一看二人的神色，就知他們是舊識。

他們已有好幾年沒見過面，阿浪突然出現，勝文當然知道他不是爲吃飯而來。

雙方沒問候、沒對話，靜了好幾秒，勝文才施施然站起走入廚房。

阿浪內心雖然焦急，但他知道這裡的規矩，也熟知勝文的性格，故只能耐心等待。

勝文在廚房炒飯，眉頭緊鎖，似有不祥預感。他跟阿浪從前是朋友，雖然沒見面沒聯絡，但卻知道對方一直待在錦田，過著與世無爭的平凡生活。從來，沒消息即是好消息。阿浪無緣無故沒知會就走出錦田來找他，勝文知道意味著什麼。那意味著朋友的平靜日子已結束，而且不會是好事。

一會過後，勝文把一碟招牌炒飯、一杯鎮店凍檸檬茶放在阿浪桌上。

兩人依然沒說過話。

阿浪拿起筷子開始吃飯。

十多年前，阿浪還未退出道上的時候，他就已跟勝文相識。每次阿浪要「執勤」，事前都會來這裡跟勝文會面，原因有二：

一，勝文的情報很準，阿浪拜託他的事情，總能辦好辦妥，從未讓人失望，是個值得信任的人。

二，勝文的廚藝了得，阿浪飽餐一頓，登時大感滿足，行動也特別精神。

再見故友，勝文本該喜悅，他也很希望可以跟阿浪談談近況，喝個痛快，說些無聊事。但他一看就知，阿浪並非爲聚舊而來。

「什麼事啊？」

「我有位朋友昨晚被擄走。是泰來幹的。」阿浪放下筷子：「哪裡可以找到他？」

一聽到泰來的名字，勝文就皺起眉頭。

「你朋友開罪了泰來？」

「不，她只是個小女孩。」

「小女孩？」勝文吸口菸：「跟你很熟？」

「街坊，她時常來光顧我。」

「阿浪，別搞了……」勝文頓了頓：「她不是你女兒啊。」

阿浪低頭沉默，當他再次抬頭時，眼神透出了久違了的靈氣。

「但她是我的朋友。」阿浪：「我承諾過會保護她。」

勝文已很久沒見過阿浪這雙凌厲眼神。他曾經以為，以後都不會再見得著。

勝文盯著阿浪好一陣子。

「……會沒命的。」

「無所謂啦，反正我早就已經死了。」

生和死，究竟是怎樣定義？

雖生猶死，活著的意義是……？

人類都是求生的，但有些時候，爲了追尋一些東西，生命也可以捨棄……

勝文不知道，阿浪跟這小女孩的友情是如何萌生，又如何深厚，以致爲了救她，連性命都可不顧？他只知道，事隔多年，他才再次覺得，眼前的張浪，有了活人的氣息。

那個女孩，對他一定相當重要。

「我眞的不知泰來在哪。」勝文：「我只知他最近的得意門生叫重手，踞點在油麻地魚欄，你去找他吧。」

「謝謝。」說完阿浪便頭也不回，急步離開飯堂。

阿浪沒時間跟勝文解釋那麼多，一切以救人爲先，如果能救出妹頭，到時再跟他慢慢交代事情的來龍去脈。

看著阿浪踏出的背影，勝文但願這次不是最後訣別。

# *05*

魚欄內，聚了多個大漢，圍著一張圓桌，上面放了大堆鈔票。打莊的正向另一人派牌，第一張是2，另一張是K，正在玩名爲「射龍門」的賭博。

一見這兩張牌，大家便發出一陣叫囂。望著眼前兩張牌的重手，神色緊張，呼吸也急速起來。

「重手哥，翻身就靠這一局呀。」重手身邊一個混混說。

重手今晚手風不順，已輸了八萬元。他望著這兩張啤牌（撲克牌），又望望桌上的鈔票，心中盤算，桌面大概有十萬元左右，只要贏了這局，便可一口氣把輸掉的都掙回來。

眼前的一局絕對值得一博，下一張牌只要是3至Q，他便可以把錢拿走。但十萬元不是個小數目，萬一開出來的牌是A，十萬元便化爲烏有。再倒楣開2或K，「撞柱」更要賠雙，即是二十萬元，重手不得不認眞考慮。

「重手哥，還有時間，不用一局去盡的……」拿著啤牌的莊家說。

重手已聽不入任何話，只全神貫注望著莊家手中的啤牌，額角開始滲出汗水。

「富貴險中求，我買全數！」

「真的？」莊家問。

「真！」重手伸手按著莊家手中最面的一張牌：「讓我開牌。」

與此同時，阿浪來到魚欄入口，看見一名混混，問道：「請問重手在哪？」

混混指了指裡面，阿浪便步入魚欄內，擠進人群，來到重手的身後。

重手把啤牌拿在手上，一頭大汗，合起眼，呼出一口氣然後開牌……

底牌是——2！

即是說，這一局重手要賠雙！

「!?」一局輸了二十萬，重手當場呆了下來。

在場也沒人敢出聲，怕說錯話刺激了他。這個時候，阿浪的手按著重手的肩膊。

「重手。」

重手緩緩回頭，望向身後的阿浪。

「你老大是不是泰來？」

「你是誰呀？」

阿浪一貫無視對手的提問。

「我只問一次，泰來在哪？」

輸了這局牌的重手本身已經很憤怒，阿浪卻在這時候出現，正好成了重手的出氣對象。

二話不說就想向阿浪動手。

他之所以叫重手，全因爲他出手眞的很重。

有傳他曾揮拳把一個正常人打成白癡。

亦有人親眼目睹他把對方的眼球打飛出來。

不過面對阿浪，重手的拳卻發揮不了作用，因爲他打出的拳給避開了。

一拳落空，重手正想揮出第二拳時，面門竟吃了一記重擊。

重手做夢也想不到有人敢在自己地盤找碴，更加想不到阿浪身手如此快捷，不及反應就已中擊，重心大失，往後摔倒。

往鼻頭一摸，一手是血，才發覺給打爆了鼻子。

一個以拳重見稱的人，居然在自己地方給別人打倒，不重擊阿浪又怎能下臺？

「打死他！」

一聲令下，十幾人前仆後繼地撲向阿浪。

阿浪的拳握得勒勒作響。由一開始，他已知道要問出泰來下落，就要採用絕對暴力。

魚欄舖內一間閣樓小房，沒什麼陳設，只有一張沙發以及兩盞壁燈，跟外面的格局截然不同。

兩個人坐在沙發上。一個西服男手中拿著平板電腦，正向身旁的中年漢進行解說。

「黃總，看看這個高質貨色。」

平板電腦螢幕裡，有個只穿著內衣褲、神情迷糊的妙齡孕婦。

黃總呷了口紅酒，色瞇瞇地看著螢幕。

「三十歲以下、日本人、孕婦、長得像結衣ＢＢ，全部照足你要求。」西服男以手指拉動螢幕，切換另一張特寫相片：「她的五官簡直比眞的結衣ＢＢ更標緻。」

「很像，眞的很像。」黃總既靦腆又淫邪地笑著。「小金，說個祕密給你知，我看《月薪嬌妻》的時候，就不斷幻想結衣ＢＢ只穿著內衣褲替我做家務。嘻嘻……」

「現在你不用幻想，只要你喜歡，她可以把你全身打掃得乾乾淨淨！」小金用手肘碰向黃總手臂。「黃總，你眞會選，孕婦是很好玩的呢！」

「你怎知道？難道你也試過？」

「嗯！那次眞是一次奇妙體驗……」小金閉上眼回味。「你試想想，當你幹著她時，裡面有個小生命跟你如此接近，嘩……那種感受簡直叫人畢生難忘。」

黃總突然哎呀了一聲。

「小金，別再說了。」

「什麼事啊？」

「我那話兒，愈來愈硬了，再說下去眞的不行啦。」黃總按著下體說。

「那就事不宜遲，現在就出發吧。」

「好啊、好啊！」

二人甫一踏出房間，便聽到下面傳來連串慘號。

「發生什麼事啊？」黃總一驚。

「放心，沒事。」

小金走到下面，瞧見一個白髮男子正在跟自己的人馬展開混戰。

己方雖然人多勢眾，卻竟制伏不了那個白髮男子，好幾人更被打得重傷，一臉鮮血。

距離雖遠，但小金卻覺得這白髮男子相當眼熟。留心再看，終於認出他了。

小金留意到，他動作不止快，而且準，更非常冷靜。

他們若繼續這種前仆後繼的打法，最後只會被一一打倒。

小金大喝：「別再逐個攻了，分散開去，圍剿他！」

經小金一說，眾人立即把阿浪圍在中心，然後撲殺過去。

阿浪動作再快，也不可能同時跟十幾人對打，硬碰硬是極爲不智的做法。後退幾步，發現旁邊有塊巨大冰磚，便衝到那裡發力把冰磚推前。

重手等人眼見阿浪推著冰磚而至，想停步卻收掣不及。

冰磚如保齡球般把眾人撞個七零八落，倖免站著的都要捱拳。

小金目睹這一幕已知己方再難有反擊之力。

遠處傳來警車鳴笛，小金不便逗留，遂與黃總從另一出口離去。

重手所有同門東歪西倒，只有他被阿浪揪著衣領，跪在地上。

「泰來在哪？」阿浪狠盯重手。

「我就是不說……你奈何得了我嗎？」

重手似乎無懼痛楚，被打個頭破血流仍然嘴硬。

阿浪又急又躁，見重手一副欠揪的神情，火上心頭，向他面門不斷掄拳。

連打三拳，差點把他的面骨也給捶爆。重手口腫臉腫，扭曲變形，神色再也得意不來，痛楚的忍耐力也快到臨界。

「別……打啦……」

阿浪停手，望他乖乖吐出答案。

倏地，阿浪身後響起一聲喝令。

「立即停手！」

大批軍裝警察衝入魚欄，見到現場環境就知經歷過一場惡鬥。刻下形勢，阿浪不得不從，只好放開重手。

一脫身，重手神情突變，恐怖的臉露出乖戾張狂，更恐怖了。

「阿Sir……他來我的……地方搗亂……鎖他！」重手口齒不清。

重手走到一警員身前，那警員拔出警棍，發出警告。

「跪下！」

「幹嘛……要我……跪下？我是……受害……者呀！」

「我叫你跪下！」

「阿……Sir，你有……沒有聽到我……的……話？」重手指著面前的警員，提高嗓音：「我說……他來……搗亂，叫你……鎖他呀！是……不是……聽……

不清楚？」

警員二話不說就向重手腰間揮棍。

「跪！」

重手一痛，迫於服從。

「臭警察，毆打……良好市民，我……一定投……訴你！」

另一名軍裝警察對阿浪喝道：「跪下！」

阿浪知道一旦給扣押，大有可能被關上超過廿四小時，到時候就算知道妹頭的下落，也無法救人。

情況危急，阿浪腦海閃出了一個念頭，就是把眼前的警員打倒，逃離現場。

看著這班軍裝警員，阿浪盤算逃脫機率。對方人數眾多，手持警棍和手槍，成功機會著實不大……一旦失敗，就要背上拒捕襲警等嚴重罪名，到時想脫身就難上加難了。

權衡過輕重，阿浪還是不敢賭這一局。

阿浪、重手等人分別被銬上手銬，押上警車。

傷勢較重的則由救護員送往醫院。

警車內，阿浪跟重手對坐。

「你是哪一路？」重手盯著阿浪，牙關的痛楚稍退，他已能說得比較清楚。

阿浪想著脫身的辦法，根本沒心情回答重手。

「不論你是哪一路，你都將會很麻煩。」

阿浪保持沉默，重手就繼續喋喋不休。

「我不知道你爲何要找泰來哥，但你放心，我保証你一定可以見到他。」重手神情囂張：「你應該聽說過他的馳名手法吧？爲何你如此大膽，敢向他的人動手？你是不是活厭了？喂，說句話啦，你到底是誰？」

阿浪直視重手良久，終於開腔。

「我叫阿浪，以前跟隨泰來。你想知我的事，自己問他。」

重手沒想過阿浪曾是同門，因爲以他所知，脫離泰來的，都沒有好下場。眼前這個叫阿浪的，渾身透出一種視死如歸的氣息。而雙目雖然冷漠，卻又極具靈氣。

纏上泰來毋疑是個噩夢，但挑釁一個置生死於變外的「已死的人」，如同召喚一個從地獄回到人間的惡魔，他會讓你見識——玉石俱焚的恐怖威力。

## 06

冰室大門已關，勝文獨個兒在抽煙。

跟阿浪見面之後，他一直忐忑不安。

他清楚阿浪的性格，一旦決定了的事誰也無法阻止。

但他一個人可以對抗得了泰來和他的組織，還有他幕後更龐大的集團嗎？勝文知道那是不可能的，阿浪此行根本是送死。

五年前，阿浪本來就該死了。好不容易才活下來，勝文實在不想讓他「再一次」挑戰死神。

就在勝文想得入神，舖頭的鐵捲閘小門打開，一個身型帶胖的男人走進來。

他坐到勝文面前，從菸盒取出一根菸。

「順利嗎？」勝文為他燃點香菸。

「搞定。」胖男說：「我的手足已把阿浪拉走，現在他應該在拘留所了。」

勝文點點頭，呼出煙圈。

「阿浪找上你之前……曾致電給我。」

在發現妹頭失蹤的時候，阿浪曾經致電給一個警察，那個警察叫阿波，亦即是眼前這位胖漢。

他們仨雖然身處不同的工作領域，但都是彼此間的特殊朋友。

礙於身分關係，這三人很少有聚首，但誰有要事需要對方出手，他們都不會拒絕

——包括這一次。

阿浪倔強，二人知道無論怎樣也不能把他勸服，所以才出此下策，用了他們認爲最好的方法「幫助」阿浪。

只要把阿浪困在拘留所，他便不能跟泰來正面衝突。

然而，勝文卻老是覺得有什麼地方不太妥當，一直鎖著眉頭，有所困擾。

「不用多想了，只有這樣才能保住阿浪的性命。」波Sir苦著臉：「阿浪敵不過泰來的，讓他搞下去也救不了那女孩，最後連自己的命也保不住。」

人生在世，性命最重要，活不下來，什麼也是枉然。

爲保阿浪安全，二人合計把他困起來，只想阻止朋友送死，那是出於善念；但此舉卻忽略了很多要事，譬如阿浪的自由意志與救人的決心。

如果他救不了妹頭，以後，阿浪該用何種心情，苟活下去？

「阿Sir！阿Sir！」

拘留所內，單獨囚禁的阿浪向著走廊大喊。

此刻阿浪已猜到，這是勝文跟波Sir設下的局。他沒心情也沒時間去怪責他們，他只在乎如何能盡快走出這裡。

看守拘留所的警員慢條斯理，一臉不爽來到阿浪前面。

「什麼事呀？」

「我要見波Sir。」

「你認識波Sir？」

「你跟他說，張浪要見他。」

「波Sir下班了，他回來我再告訴他啦。」警員一副等下班，不想工作的模樣。

「阿Sir，十萬火急，麻煩你幫忙聯絡他。」

「盡量啦。」

警員虛應了就離開。

身在拘留所，阿浪可以說是一籌莫展，只得來回踱步空著急。

時間一分一秒的過去，還沒有等到那位警員的消息。阿浪正想大喊，卻聽到走廊傳來一陣步履。

阿浪一喜，期望警員帶來好消息。

那份期望的心情閃現了兩秒……

然後被一陣口哨聲打破。

聽到那段有節奏的口哨聲，阿浪魂魄像被鎮住，整個人僵在當場。

熟悉的節奏，叫他想起一段不堪回首的往事——

那是一段關於阿浪與泰來的慘痛往事。

五年前，那時候阿浪還跟隨泰來……直至，阿浪的妻子有了身孕，就發生了往後的事故。

私人水族館內，泰來一臉得意地吹著口哨。

「我來了。」阿浪木無表情望著泰來。

「浪哥，很久不見，新婚美滿嗎？性生活快樂嗎？」泰來雙手負背，站在巨幕水族箱前說。

「別浪費時間，放了我老婆，我的命你拿去。」

「你是我門下中最會打、最出色、最聞風喪膽的人物，我又怎捨得要你的命？」泰來翹起嘴角：「所有人都知道，我最信任的就是你，你有了新歡就想退出組織，會否罔顧了我的感受呢？」

「那你想怎樣？」

「今日你要展開你的豐盛人生就選擇退出，他日呢？如果你突然想重出江湖，跳槽到另一幫會，跟我對著幹怎算？我又沒有阻止你談戀愛、又沒阻止你結婚，爲何一定要脫離組織？難道進行殺人放火的勾當之後就不可以回家當好老公……好爸爸？」泰來指著阿浪，裝模作樣。「話說回來，阿嫂有了身孕也不通知我一聲，你有沒有當我是自己人？有沒有當我是老大？」

「泰來哥，我求你放了她。」

「說到底，都是你女人不好。」泰來繼續自說自話。

泰來取出手機，開了一段影片，把螢幕向著阿浪。

影片裡有一男一女。女的迷迷糊糊，雙目失焦，明顯被下了藥。男的相當討厭，伸出長舌不斷在女人臉上狂舐。

男的愈來愈過分，粗暴地撕開女人的衣服，露出微微隆起的肚子……

男人繼續用舌尖於她身上不同部位遊走，來到肚子位置，特別賣力，差不多把肚皮舐個乾淨。

他的舌頭如摩打（馬達）般急速靈巧，在她的敏感地帶上轉了又轉，女人開始發出呻吟。

泰來刻意把音量調高，女人的喘氣聲清楚地從手機喇叭傳入阿浪雙耳。沒一個男人看到自己的妻子被狎玩而不發怒，阿浪當然憤怒，但他知道影片的內容並非直播。事情已經發生，發怒也改變不了。

他只狠狠盯著眼前這個大賤人，盤算救人的辦法。

泰來見阿浪沒動怒，抿了抿嘴，收起手機。「你眞能忍。」笑了笑，在口袋裡把一件東西拋向阿浪：「送給你。」

阿浪接過那東西握在掌心，打開一看，那是一隻穿上指環的斷指——指環跟阿浪無名指上那隻一模一樣。

阿浪緊緊地把斷指握在手上，雙目通紅，忍耐力已到臨界，怒火瞬間飆升，猶如爆發前的活火山。

「想深一層，我也覺得自己過火了一點……」泰來在西服外套暗袋取出一個手錶盒。「收了它，我們的恩怨一筆勾銷，好不好？」

阿浪的理性被憤怒情緒完全蓋過，再也容忍不了，恨不得把泰來身上每一根骨頭都打碎！

他掄起怒火之拳擊向泰來。泰來橫臂擋開，錶盒脫手飛開。

那一拳未能達到預期效果，阿浪發瘋似地亂拳猛攻，卻被泰來一一避過。愈是打不到對方，阿浪的攻勢便愈急，愈急就愈亂，沒了節奏，失去章法。

「不行、不行，你今天完全不行。」

泰來閃到阿浪身後，一肘打在他的腰間，再把他的臉壓在玻璃幕上。

「這種能耐，怎救得了阿嫂？」

阿浪正要發難，突然傳來「沉」的一聲，一個重甸甸的物體，從頂層掉入水族箱裡。

那東西是個鐵籠，裡面困住了一個女人。

阿浪瞧見鐵籠內的女人，全身如遭電擊，瞳孔放大，那個女人不是別人，是自己的老婆。

「阿心！」

阿浪隔著玻璃巨幕大喊老婆的名字，可被困在籠裡的阿心卻聽不到呼喊，只懂驚慌失措地胡亂掙扎。

「放了她！我求你放了她！」阿浪抓著泰來衣領，激動得不能自已，淚水狂流。

「你看你現在像什麼？」泰來甩開阿浪雙手。「冷靜點，就算殺了我也沒用。救人不是靠蠻力的，活用你的腦袋。記住，現在能救你老婆的人，就只有你自己啊。」

救人時間頂多只有兩分鐘，若留在這裡繼續跟泰來糾纏，阿心隨時窒息致死。

刻不容緩，阿浪隨即離開，走到上一層，想也不想就跳進水族箱裡，一直往下游，終於抓住那鐵籠。

快氣絕的阿心在如此危急情勢下看見阿浪，求生欲望大增，期望他會打開鐵籠，把自己救出水裡。

阿心沒有死，事情還沒到達無可挽回的地步。阿浪猛力拉扯鐵籠，卻未能將其打開，又急又亂，此時才發現鐵籠的活口被上了鎖，任憑他如何使勁，也不能將之弄開。

嗆得一塌糊塗的阿心已知活不下去，阿浪雙手抓緊鐵支，兩腳出盡全力，死命猛踹，妄想把那堅固的鐵籠打破，可任誰都知道這是不可能的事。

經過一輪的喪失理智的猛踹，阿浪突然停下所有動作，呆望著眼簾半開的阿心……

剛才還活生生的一個人，此刻卻沒了意識、失去靈魂……

只餘下一具軀殼。

生與死，發生於彈指之間。一切也來得很不真實。

阿心明明就在眼前，阿浪卻救不了她，眼睜睜地看著她氣絕。

看著那失去知覺的身軀，阿浪已知再如何費力，也改變不了這個殘酷事實。

站在巨幕外的泰來目睹整個生離死別過程，搖著頭說：「原來在水裡哭是這個樣子。」蹲下來拾回掉在地上的錶盒。

泰來敲敲玻璃，對著阿浪打開錶盒。

阿浪雖然身處水裡，卻依稀看到錶盒內的事物，那不是腕錶，而是一條──鑰匙。

一見那條鑰匙，阿浪只感全身如遭火燒般灼熱，每吋肌膚都像被那股熱力燙得冒煙。

腦筋停止了運作，空白一片。

強烈的內疚感如洪水猛獸直衝向腦袋，頭腦再不靈光也意識到，那條鑰匙是救人的關鍵。

剛才如不是惱怒蓋過了頭，只要打開那個盒子，便可以取得鎖住鐵籠的鑰匙，把阿心拯救出來。

如果再給自己一次機會，阿浪一定不會讓怒火埋沒理性。可她的死已成事實，一切也無法重來。

那件事件後，泰來並沒有趕盡殺絕，居然眞的讓他離開。大抵泰來覺得，讓阿浪活著，只會比死更難受。阿浪「求仁得仁」，脫離了組織，沒有回去報仇，過了兩年行屍般的生活，然後隱居錦田。

他沒有了結自己的生命，卻把那條鎖匙掛在頸項上，似乎要讓自己時刻記住那段殘酷的經歷——

他的復仇之火，只等待一個重燃的時機。

宿命使然，歷史重演。多年後的今天，阿浪將再次跟泰來交手。

如今，那個世紀大賤人就站在阿浪面前！

「浪哥，剛剛保釋了我的手足，順道過來跟你敘敘舊。」

再見泰來，阿浪的所有負面情感都一下子被迫了出來。

體內的每吋細胞，沸沸揚揚，因盛怒而激烈地躍動。

皮膚的每個毛孔，也彷彿張開了口，肆意吼叫。

阿浪的視點慢慢從泰來移向他身旁另一人。

「看你的表情，似乎認得他呢！」泰來望向身旁的小金：「你倆好像是第一次見面。正式向你介紹，他是你的衿兄弟，小金！」

小金裝出一副神憎鬼厭的模樣，伸出舌頭快速打轉，用最殘酷的手段，令阿浪勾起那段慘絕人寰的記憶。

眼前的小金，就是當年蹂躪自己老婆的人渣。

他的長相，即使化成灰，阿浪也未敢忘記！

兩個不共戴天的仇人，此刻站在咫尺。隔著鐵欄的阿浪，除了憤怒卻什麼也做不來。

「叫大哥啦。」

「大哥，你好。小弟叫『摩打嘴小金』！」小金擠眉弄眼，討厭到一個極點。

「大哥，多虧你，我才可以一嚐孕婦的滋味，每一次想起那次愉快的經歷，我就又是興奮又是痛苦……」

小金努力地惹火阿浪。

「興奮的原因，當然是因爲實在太令人回味啦。你該知道，嫂子的功夫有多了得吧？雖然大著肚子，卻仍然可以擺出多個高難度體位，她一定是個瑜伽高手！」小金嘆息：「不過之後再難找到一個如此厲害的大肚婆，你說是不是很痛苦呢？」小金見阿浪沒反應，繼續說。

「幸好我留下了那段影片，好讓我在寂寞夜晚的時候，得到慰藉。」

阿浪一直壓住怒火。

「不錯，不錯！這樣也沉得住氣，浪哥，你進步了啊。」泰來拍掌。

「泰來，我已經遠離了你，爲什麼總要纏繞著我？」

「喂，別這麼說，我們能再次見面，是命運的安排，是緣分作祟。」泰來：「我事前眞的不知道你跟小花認識，你不相信的話，我可以對天發誓。」

泰來豎起三隻手指。

「別跟我來這一套。怎樣才肯放人？」

「之前不是說過給你八小時嗎？」泰來以指尖摸著鐵欄。「不過現在就算再多給你八小時似乎也沒有用。所以我改變主意……」

阿浪已能預料，泰來接下來的話，有多殘忍、有多絕望。

「你聽好，」泰來把臉貼近鐵欄，慢慢吐出一句話：「我現在就要去殺她了。」

阿浪撲前，一臂穿越鐵欄往前猛抓，泰來急退，及時避開。

阿浪五指只能停留在泰來面前。被鐵欄阻隔，任他如何使力也無法寸進。

「原來你還有火。」泰來望著臉頰通紅的阿浪，蹺起嘴角說：「你跟她又沒血緣關係，何以如此著緊？這件事很耐人尋味。」

「說不定他是個變童死變態啊。」小金插話。

「嗯。」泰來一臉不屑：「我還以為你對嫂子的愛是至死不渝，我對你好失望啊。」

盡情踐踏阿浪的尊嚴後，泰來便跟小金離開。

拘留所的走廊，再度回復平靜。

阿浪頹然坐下，當年那段可怕回憶，又再清晰地在腦海中浮現。

泰來曾經做過的惡行，為阿浪的人生製造了一道巨大傷口。即使事過境遷，那道傷口仍然無時無刻叫他感到劇痛。

小金與泰來，在無數個晚上化成夢魘，吞噬著阿浪的心靈。

阿浪一度以為，自己的人生不會再有快樂，也不會再有任何色彩。直至遇上妹頭，才令阿浪的灰白世界，一點一點起了變化。

妹頭爲他的生活塗上了顏色。
令他的人生不再被黑暗籠罩。
——那個力量弱小如同涓埃的小女孩，拯救了一個人的世界！
現在她卻落在那個毫無血性的惡魔手上，能活過天明嗎？
阿浪跟自己說，絕不會讓歷史重演，就算只有一百萬分之一的機率，他也要把妹頭拯救出來！
「阿Sir！」
聽到阿浪大喊，那個慵懶的警員以緩慢步伐走過來。
「又什麼事呀？」警員脫下帽子，撥了撥稀疏的瀏海。
「你致電了波Sir沒有？」
「今日聖誕節，別打擾他了，明天啦。」
「你給我聽好，波Sir跟我是朋友，我有非常重要的事要告訴他，若因爲你耽誤了事情，你將要負上所有責任。」
阿浪目光如炬，詞鋒逼人，瞪得警員很不自在。
「你聽清楚了沒有？」
「嗯……」警員的態度稍作轉變。「你要跟他說什麼？我想想法子啦。」

「你跟他說：『今日阻止我的人，都不再是我朋友。如果我救不了那女孩，所有人，都會有後果。我會把黑白二道弄個翻天覆地。我會與全世界爲敵。活下來就只有一個目的——復仇！』」

這段話的內容很誇張，就一個沒權沒勢的大叔，能有什麼能耐？而且這段話還帶有恐嚇成分，公然挑戰警隊權威，警員絕對有權對他作出控告。

可是這刻咬牙切齒的阿浪，卻有一種無以名狀的懾人氣勢，唬得警員心中一怯。

# 07

「阿波，我們這樣做，到底是幫他還是害他？」

勝文跟波Sir在冰室裡，繼續未完的對話。

「我們怎會害他？」

「很久沒看見阿浪有過這樣的眼神……」勝文：「為了救這女孩，他似乎可以連自己的命也不要。」

「知不知道她跟阿浪是什麼關係？」

「阿浪說……他倆是朋友。」

「朋友？」波Sir失笑：「阿浪只想找個藉口出山，我們不可以讓他亂來。」

「真的？你真的覺得為了出山？」

「那為了什麼？」

波Sir跟勝文對望了一會，一臉不自在，眼神慢慢移開。

「阿波，剛才你說，阿浪敵不過泰來，讓他搞下去也救不了那女孩……」勝文緩緩說：「即是你也知道，有個女孩被人抓走了。」

波Sir抽著菸，避開勝文的眼神。

「你是警察，知道有人被擄走，是不是該做點正確的事？」

「不是我不想，而是我什麼也做不來。由半年前開始，至今已經發生四宗兒童失蹤案件，全部小孩都不到十歲……上頭好像受到什麼阻力，一直沒有大力跟進……」波Sir語氣帶點激動，一鼓腦兒說下去：「前陣子我收到一封信，裡面有幾張我兒子及老婆的生活照，動機明顯不過……幕後那幫人已經調查清楚我的背景，再查下去，你猜我會有什麼後果？」

世上有很多罪案，白道都是知曉的，有時礙於幕後組織的影響力，都會睜一眼閉一眼。只要不太明目張膽，不要讓事情浮面，不少事情還是可以暗地裡進行。

「連警察也敢恐嚇……他們眞是無法無天。」

「警察又怎樣！追債的也可以令警員在差館呑槍。在我們之上，存在著很多看不見的巨大勢力。」波Sir繼續說：「一星期前，我的線人跟我失去了聯絡，我可能害了他……」

波Sir的線人，就是不久之前被泰來弄死的火牛。

「阿浪死命瞎衝，只有送死。」

「他在五年前已死過一次了。」勝文徐徐說：「說不定那個小女孩是令阿浪重生的人，我們奪去了他的救人機會，你覺得會否很殘忍？」

經歷過一次跟至親生離死別，阿浪的人生墮進了黑暗的深淵，沉淪過、消極過。好不容易才熬過這一關，他不可能承受得了第二次。

再者，如果因此延誤了救人的黃金時機，阿浪不但會痛恨他們一生，更會帶著自責與內疚度日。

這樣活下來，又有什麼意義？

勝文愈想便愈覺得不對勁。

「我們是否不該阻止阿浪？」

「你認為阿浪救得了她？」

「不知道，但起碼盡過力。」

「我告訴你，他不可能成功。」波Sir正色道：「你以為泰來為何要擄走那些孩子？他只是幫老闆辦事……」

勝文等待著答案。

「泰來現在的幕後老闆是——霍先生。」

聽到霍先生的名字，勝文也靜了下來。

那個霍先生，跟不少上流人物關係密切，私交甚篤。他有財力、有地位，表面是個積德行善的大企業家，實際上是個勢力橫跨黑白二道的國際大鱷。

如果這次失蹤事件跟霍先生扯上關係，阿浪能見回妹頭的機會就相當渺茫了。

「霍先生……」勝文摸著腕上的水晶珠鏈，一臉惆悵。

「我們若是做錯，那就錯到底吧。」波Sir說。

勝文眼神放空，望著天花板轉動的花扇，無意識地吐出煙圈。

「你在想什麼？」

「阿波，我在想，如果那女孩不幸死了——我倆都是幫凶。」

說完這一句，二人又再無言對望。

空氣平靜得叫人不安。

一道電話鈴聲劃破了安靜。

「喂。」波Sir接聽。

波Sir拿著電話，沒回過一句，只靜聽著彼端的說話。

直至對方把話說完，波Sir才掛線。

他把電話放在桌上，若有所思地望著勝文。

「什麼事啊？」

「阿浪留了口訊給我們……他說：『今日阻止我的人，都不再是我朋友。如果我救不了那女孩，所有人，都會有後果……』。」

勝文雖不是親耳從阿浪口中聽到這段話，但卻能感受到他那份視死如歸的決心。

不知為何，聽罷阿浪的留言，勝文內心湧起一分熱血。

「阿波，幹嘛還坐在這裡？」

「你……真的要推他去死？」

「人總要一死，所以才更加要幹一番驚天動地的事情！」

勝文相信，阿浪寧願死得轟轟烈烈，也不會選擇繼續偷生於世。

「回去把阿浪釋放出來！」

波Sir再找不到拒絕的理由，點了頭就離開冰室。

猛虎快要出籠，他將以一人之力，對抗一個組織。

身為他的朋友，勝文很想可以站在他的左右，好讓阿浪知道，他並非孤軍作戰。

可勝文並不會打，他不會愚蠢到走到阿浪身旁，成為朋友的負累。

他在想，若這次擄人事件眞的是霍先生幕後策劃的話，單憑阿浪一人之力實在難以查出她的下落。

霍先生為何要擄去那些孩子？又會把他們藏在哪裡呢？

勝文就算想爆了頭相信也無法找到答案，因為他跟霍先生是活在兩個星球的人，他根本不會明瞭這種人的心態。

要了解霍先生的想法，一定要找一個跟他距離接近的人去問。

勝文摸了摸手中水晶鏈，突然靈機一動，起身走入廚房，大概弄了十分鐘，便拿著一個保溫飯盒出來。

他望了望時鐘，步出冰室，截了一輛計程車。

懷著恍惚的心情，前往一地方……

## 08

「這裡是什麼地方？」

小花醒來的時候，眼前一片漆黑。

被蒙著雙眼的她，左右四顧也見不到其他東西，卻能感覺到自己身處的地方，應該是一個空間不大的密室。

這裡靜得可怕，小花只聽到自己的急速呼吸聲。

她嘗試穩住呼吸，便嗅到一陣怪怪的藥水味道。

想站起來，卻發現雙手雙腳被綁在冷冰冰的椅子上。

小花不知道自己被什麼人捉走，不知道自己身在哪裡，更加不知道他們有何目的。

強烈的懼意如魔鬼般向自己張牙舞爪，叫她害怕得全身不住顫抖。

她就像被神遺棄了的孩子，拋到沒有光明的冷酷異境，孤伶伶一個人，獨自承受著黑暗帶來的不安。

此時，外面傳來腳步聲。

小花感覺到有人停留在密室的外邊。然後就傳來拉門的聲音。

把門拉開的人是泰來，跟隨在他身後還有個一臉鬍渣的男人。

他們走進密室。

小花的心臟撲通撲通在狂跳。

泰來拿出小型卡式帶錄音機，放在小花耳邊。

按下播放鍵，錄音機的捲軸轉動，磁帶發出粗糙的沙沙聲響。

大概過了五六秒，一個低沉的男聲開始講話。

「妳好啊小朋友，我知道妳現在很驚慌、很不自在，手和腳也動不了……」

小花只覺得那個聲很熟悉，一定在哪裡聽過。

「得不到父母疼愛與照顧的妳，日子一定很難過。可能上天也不願妳受苦，所以才把妳送到這裡。妳可以放心，叔叔很喜歡小朋友，會好好地對待妳。」

她終於記起聲音的主人是誰……

「妳在這裡永遠不會感到痛楚，也絕對不會寂寞，因爲還有很多像妳一樣可愛的小朋友陪著妳啊。」

他是曾經來學校演講的——霍先生。

## *09*

小花記得，那是三個月前的早會。

那天天色灰沉，一片陰霾，是醞釀下雨的悶熱天氣。基德小學的禮堂，卻燈火通明，坐滿了學生。孩子永遠朝氣勃勃，像清晨七、八點的太陽。

「今天很高興請到我們學校的贊助人，霍氏集團主席霍先生，跟大家分享他的人生經歷。」站在臺上的老師笑說：「請各位同學鼓掌。」

臺下響起一陣熱烈掌聲。

站在老師身旁的，是個身穿長褸、個子高高、皮膚黝黑卻一臉英氣的男人。單看其外表及身型，絕不會猜到，他的實際年齡已過五十。

霍先生掃視臺下學生，調校了面前的麥克風，清了清喉嚨，開始演說。

「各位同學早安。」霍先生和藹可親地笑著：「每次來到不同的學校，跟不同的新朋友見面，分享自己的故事，我都覺得很開心。我出生於富裕家庭，小時候什麼玩具、美食都應有盡有，生活無憂。直到我九歲那年，家父生意失敗破產，家母患上了怪病……最後自殺身亡，我的人生來了個巨大轉變。此後我們變得很窮，窮得連溫飽也成問題……」

霍先生衣冠楚楚、氣宇軒昂，又是城中富豪，加上他的聲線溫柔，學生們即使只是孩子，都聽得留心入神。

「我度過了一個別人無法想像的童年……可貧窮不但沒有令我自暴自棄，它反而令我學會珍惜、學會幫助別人……」霍先生一直掛著微笑：「莫因善小而不為，只要抱持正向和善意，就算力量微薄，但也會對這個世界，帶來好的影響。聚沙成塔、積少成多，你們同意嗎？」

說罷，老師拍掌，學生們也隨之拍起手來，禮堂掌聲雷動。

接下來，這位貴賓向十名學校挑選出來的優秀學生派發書券。

最後一位，是小花。

她參加了圖書館的閱讀獎勵計畫，這幾個月借閱課外書的次數是頭幾名。

她從霍先生手上接過書券，一臉滿足。

霍先生溫柔地問：「妳叫什麼名字？」

小花禮貌回應：「李小花。」

霍先生點點頭微笑，跟她握手。

天空開始下起毛毛細雨。

霍先生由保鏢撐傘，步出學校。

踏上豪華房車的車廂，燃點雪茄，望著車外的景色。

吸了幾口雪茄，霍先生拿起剛才老師給他的校刊，動作優雅地翻頁。

翻到某頁，霍先生停止了動作，入神看著一張大合照。

視點從一張相片，聚焦到一個學生的身上。

——笑容可掬的小花。

# 10

莫因善小而不爲——那天聽到這句話，小花還特地記下來，翻查了解釋。

她對霍先生，本來有不錯的印象。

可是聽罷那段依舊語氣溫和的錄音，小花全身起雞皮疙瘩，頭皮發麻。

惶恐驚駭慌張焦慮等多種負面情緒一下子從內心湧起，叫這小女孩生出自懂事以來最巨大的恐懼感！

比起威哥哥的虐打，恐怖千倍萬倍。

她已預視到，一件超級恐怖的事情，即將會降臨到自己身上。

「小妹妹……」泰來蹲下直視妹頭。

小花隔著黑布，依稀看到眼前有個朦朧的身影。

「妳是不是認識阿浪？」

小花沒想到對方會說出阿浪的名字，心頭泛起一絲希望；但轉念又想，如果他是大叔的朋友，又怎會把我捉回來？

她還是點了頭。

「那就好，我也是他的朋友啊。」

雖然瞧不到泰來的樣貌，但直覺卻告訴小花，他並非好人。

「他其實有盡過力來救妳，但他應該要讓妳失望了。」

「你們……爲何要把我捉走？」

「因爲我們想給妳幸福囉。」

幸福？

「在香港生活，做窮人太辛苦，死了就不用挨苦，是不是很幸福呢？」

他們要殺死我？爲什麼？爲什麼？爲什麼？

小花腦裡出現千個問號，自己明明沒做過壞事，爲什麼成爲他們的目標？

——大叔，快來救我！

泰來向鬍渣男抑抑下巴，他打開小桌上一個銀色鐵盒，從裡面取出一支針筒，步向小花。

「小妹妹，拜拜囉。」

泰來五指一張一合，跟看不見他的小花做了個道別動作。

# 11

霍先生站在偌大的貨倉裡，出神地望著面前的一比一蝙蝠俠人偶。

他很喜歡蝙蝠俠。一直認爲蝙蝠俠是最帥氣、最有人性的超級英雄。

或許他覺得自己跟蝙蝠俠有點相似，一樣都是富二代，一樣都是自小失去雙親。

他雖然沒有蝙蝠俠的戰衣，也沒有蝙蝠俠的裝備，但跟他一樣，用自己的能力，貢獻家園。

霍先生致力慈善活動，辦學校，推動發展創意項目，爲年青一代製造更多機會及夢想。

霍先生就是現實中的蝙蝠俠。

蝙蝠俠人偶後面，還擺放了幾十個人偶。室光昏暗，瞧不清模樣，只見每個高度相若，都比蝙蝠俠矮了一截。

它們站在後排，乍看下像是由蝙蝠俠帶領的軍團。

霍先生跟蝙蝠俠「對視」了好一陣，便走到貨倉盡頭一角，攤開五指，把手掌放在牆上的指紋辨析儀器上。

確認指紋，暗門打開。裡面有一個設計簡約、很整潔的房間。

霍先生坐上椅子，前方的一堵牆，裝上了數十部電視屏幕，每個螢幕播放著不同的影像。

人獸交、生死搏鬥、性虐待、殺人分屍等等，所有內容都是超越了限制級別，而且動作連貫，沒有剪接效果，絕非電影畫面……

是血淋淋的真實拍攝！

裡面的每一個支配者，都戴上同一款式的面具。非常投入自己的遊戲。

霍先生看得很入神。

原來除了蝙蝠俠，霍先生還倣效《X-MEN》（X戰警）裡的X教授，躲在暗室裡窺探人類的邪惡百態。

霍先生的口袋發出震動，遂從筆直的西服裡取出電話接聽。

「喂。」

霍先生細聽著電話彼端的說話。

聽畢之後，霍先生回應：「帶她來……」

掛線後，他托著頭，呆了一會，慢慢拉出抽屜，取出一本校刊。

翻到大合照一頁停下。霍先生用手指摸著相片中的小花。

# 12

辦公桌上，放著幾件個人物件，包括：銀包、萬用刀、鎖匙項鏈，以及一條哈哈笑毛巾。

被帶到一間房間的阿浪，一臉玄壇，把他的物品逐件收起。

「你打算怎樣救人？」坐在他對面的波Sir問。

「找出泰來再算。」阿浪把項鏈掛回頸上。

「去哪裡找？」

「你一定知道他在哪裡出沒。」阿浪盯著波Sir：「別再浪費時間，快告訴我吧。」

「給你找到他又如何？你能靠近他嗎？你知不知道現在泰來的勢力有多大？」

「我不知道！我什麼也不知道！我只知道有個女孩正有生命危險，而我眼前這個警察卻袖手旁觀！」

阿浪激動大吼，波Sir卻無言以對。

「說句話啦！」

波Sir把一張小紙遞到阿浪面前：「這個地址……是藏參(注)的地點。」

「你一早就知道，為何你們不行動呀!?」

「不是我不想行動，但我們做事也要講程序，你以為我們可以隨便闖進任何私人地方嗎?拿不到搜查令根本什麼也做不來!就算讓我拿到搜查令，他們已早我們一步轉移地點了。」波Sir憤然說：「警隊也有他們的人……」

「泰來的勢力，有那麼大?」

「有，不過不是他；他現時的幕後老闆是霍先生。」

「霍先生?」

「你退出的時候，他還未替這個『組織』辦事。現在的泰來已經不同往日，他幕後的勢力龐大，並不容易對付。」波Sir一臉憂戚：「浪，一場朋友，我和勝文不想你送死，但我知道今日阻止你，你會恨我們一世……」

阿浪沉默地收起小花送給他的毛巾。

「你可以走了，幹你想幹的事吧。」

臨走前，阿浪回頭望了波Sir一眼。雖然口裡沒說，但波Sir從眼神知道，阿浪還是感謝他們作了這個決定，這個他不知道是對還是錯的決定。

他明知阿浪此行凶險萬分、九死一生，卻再也不能阻止。

雙方實力懸殊，阿浪哪有能力對抗泰來幕後的組織？

看著阿浪孤身離去，波Sir很無奈，轉身走到差館內擺設的「關二哥」上了炷香，雙手合十禱告。他祈許，阿浪和那小女生相交的是一段好因緣，會引來好能量，再帶來好結局。

若蒼天有眼，舉頭三尺有神明，應該保佑善人。

阿浪沒有想那麼多。雖然自己也知道，這是一段視死如歸的征途。

踏出差館一刻，他就有了必死的覺悟！

他只知道，身處黑暗中的妹頭，比他更應該、更值得活在這世上。

他願意以他的性命，換回這個能令世界更傾於善良的人的命！

聖誕假期，所有中、小學理應關上大閘，偏偏在這深夜時分，有一大漢用手推車在某所私立小學裡運貨。

那大漢是不久前跟泰來一起「處理」小花的鬍渣男。

注：藏參指收藏人質的地方。參即指被綁架者（人質），也是肉參（肉票）。

他走到小賣部裡，進入一條走廊，到了盡頭把掌心按在牆上。側邊打開了一堵暗門，格局竟跟霍先生的貨倉非常接近。

鬍渣男正要步入暗門之際，後頭突然傳來一陣痛楚，回身便見一個人影站在後面。

鬍渣男知道來者不善，想也不想就出拳。論體型，鬍渣男比對方魁梧得多，深信只要命中，就可以打下他。又怎會想到，最後被打昏的竟是自己。

把那個大塊頭打倒的人是阿浪。他根據波Sir提供的地址走到這裡，起初也覺得奇怪，但當到達時，剛好從遠處看見鬍渣男走進學校，就知事不尋常。於是便跟在他後頭，伺機而動。

阿浪萬萬想不到，藏參地竟然會在一間學校裡面。

霍先生是這間學校的校董主席，又有誰會猜到他竟然在自己的學校裡進行不法勾當？

到底勢力有多大的人，才可有恃無恐到這境地？

脫下大慈善家的面紗，霍先生的最眞實一面，究竟是什麼？

阿浪步入裡面，是個儲藏雜物的貨倉，再往前行，走到盡頭便看見有道木門。

他扭動門把，門沒上鎖，他可感到，裡面就是那個藏參地。

如果妹頭藏在裡面，現在只要把門拉開，就可以把她拯救。

站在門前的他，突然湧起一份不安的感覺，叫這個曾喋血戰場的男人緊張得停在原地，裹足不前。

這種心情，多年之前也曾出現過一次。那時候，阿浪收到消息，他的老婆被泰來拐走。

如今，自己最重視的人落在同一個魔頭手上，他又怎會不緊張？

已走到這一步，不論結局如何，也總要面對。

阿浪推門而入，即湧來一陣怪異的味道。

眼前的事物，叫阿浪呆了下來。

那裡只有一張冷冰冰的空椅。

妹頭呢？

一份強烈的絕望感猛然襲來。

直到此刻爲止，阿浪也不知道他們抓走妹頭的目的。

妹頭既非名流富豪之後，也不是什麼政要的女兒，她只是一個尋常的街童，捉走她又有什麼好處？

他以爲來到藏參地會找到答案，但望著眼前空椅，腦海空白一片，仍然理不出頭緒。

妹頭身在哪裡？是生是死？

他的手機就在此時響起。

「喂。」

「阿浪。」

「她在哪裡？」

阿浪抬頭望向天花板角落的監視鏡頭。

「浪哥，你給我的驚喜眞是一浪接一浪。想不到你有辦法離開拘留所，更想不到你可以找到這裡。」

「我問你——她在哪裡？」

「隔著電話也感受到你的殺氣。不過我要向你宣布一件事——GAME OVER……」泰來語氣乖戾：「我把她殺死了。」

這句話猶如雷電劈入阿浪腦袋，令他無法組織出任何思緒。

「你又想玩什麼？」阿浪壓住了情緒。

「阿浪，你聽好，這次我不是跟你玩。」泰來認眞說道：「選中了她，純粹意外，跟我倆的恩怨無關，只能說她運氣不夠。不要搞下去，你惹不起。」

阿浪領教過泰來的招數，他並不是那種爽快了結對手的人。

他喜歡玩，爲了好玩過癮，會想出層出不窮的惡毒點子。一旦抓到了別人的弱點，就會發揮其另類創意，把目標的意志摧殘到體無完膚才做出了結。

這次他卻一反常態，斬釘截鐵，沒有玩味，完全不像泰來性格，反而叫阿浪感到很不尋常。

——妹頭，很可能眞的死了！

阿浪皺著眉，握著電話，深深地吸口氣，望著閉路電視鏡頭。

「泰來……我操你老母！」泰來沒回應，阿浪對著話筒再說一次：「我說——操你老母！」

阿浪這句話，的確叫泰來有點意外。

「現在不是你說GAME OVER就可以GAME OVER，你不交出小花，我會一直搞下去。」阿浪逐個字吐出來，每個字都說得很慢很重很清楚：「如果她死了，我會要你的命來墊屍底；如果她少了根頭髮，我會斬斷你的手腳；總之我找不到她，就會像厲鬼一樣，纏著你和你的老闆——霍先生。」

阿浪把話說完，電話的另一端一直保持沉默，氣氛僵持了好一陣。

「好啊。」泰來訕笑：「你有本事找到我再說。」

說完泰來便掛線。

千辛萬苦走到這一步，最終也找不到妹頭下落。

一切又好像走回了原點。

妹頭，妳到底在哪裡啊？

就在阿浪感到茫然惆悵之際，被椅腳一物吸引住。

蹲下來拾起一看，阿浪緊綳的情緒竟然一鬆，彷彿看到一絲希望。

——是妹頭的蝴蝶頭飾。

是她刻意留給自己報平安？還是陰差陽錯掉了下來？

阿浪無法求證，只把信物握在手上。

他對自己說，就算有多失望，也不可以絕望。

此時，外面傳來沉重步履。

泰來的人來了。

阿浪取出萬用刀，準備迎戰。

長長的走廊，站了十幾名殺氣騰騰、手持開山刀的大漢。

這個陣勢是來真的，他們的目的是要奪命。

阿浪的視點落到走廊盡頭，雖然有點距離甚遠，但阿浪卻一眼認出他。

摩打嘴——小金。

小金笑笑口，向阿浪揮著手。

「大哥！我們又見面了。」

小金的笑容又淫又賤，阿浪恨不得用拳頭把他的五官捶爆，讓這張臉消失。

他又怒又亢奮，雙眼牢牢盯著小金。心想，他在這時候出現，實在太合時了。

大漢們提刀，如凶猛野獸，張開血盆大口噬撲獵物。

接下來，將會是一場血肉橫飛的惡戰。

同一時間，勝文步入一間私家醫院。

豪華套房外，有兩名保鏢守住門口。他們看見勝文從走廊往前步近，立即裝出戒備。

「站著，別動。」保鏢甲伸手，示意勝文停步。

勝文把手中的保溫飯盒遞上：「麻煩你交給洪先生。」

「什麼來的？」保鑣甲接過飯盒。

「你打開看看。」

保鑣甲打開一看，湧來一陣飯香，內裡盛著金黃色的炒飯。

「洪先生這個狀況，不能吃這些東西。」

「你跟他說，這是勝文帶給他的。」

保鑣甲想了想，叫勝文在門口等待，便拿著飯盒走入病房。

不一會，保鑣甲從房內步出，叫勝文進去。

數千呎豪華病房內，大廳一角放了一個逾十呎高的巨型座地觀音像。

一個接近七十歲、形容枯乾、精神委靡的病人坐在輪椅上，一見勝文立即露出笑臉。

「洪生，你好。」勝文上前，一笑打聲招呼。

女護士把輪椅推到勝文前面。

「勝文，很久不見啊，」洪先生嗅著手中的飯盒。「你的手藝一點也沒退步。」

人稱大洪的洪先生，是個篤信風水命理的地產商人。

他風流，跟他有過關係的女星不計其數；也捨得花錢，每個與他一起的女人，他都會用盡方法滿足她們。

一年前患上漸凍人症，來回進出醫院。每天拜神唸經，祈求神靈保佑，延續壽命。

近兩個月，洪先生病情進入了中期，情況轉差，肌肉開始萎縮無力，大部分時間都臥在病床。

「本來我已沒食慾，不過一嗅到你的飯香，就想吃一、兩口。」護士拿起湯匙，把飯送入洪先生口中。「好味道，眞的好味道。不過我不能吃得太多了。」

洪先生吃了兩口便沒有繼續。

「洪先生，這個給你。」勝文脫下腕上的珠鏈，交給洪先生。

「這是……」洪先生接過。

「青龍王的聖物。」

「眞的嗎？」洪先生大喜：「這一年我多番求見，總是有什麼原因見不著他……想不到今天從你手上接過他的聖物，一定是觀音娘娘庇佑。」

護士把輪椅推到觀音像前，洪先生合十參拜。

「勝文，你有什麼事要我幫手，儘管說出來。」洪先生移動輪椅，對勝文說。

「洪生，我的確有事想找你……你應該認識霍先生，霍中天吧？」

「不算深交。什麼事啊？」洪先生臉色略變。

「唔……」勝文望向他身後的護士，欲言又止。

洪先生當然明白他的用意，遂叫她離開房間。

「說吧。」

「近半年，他好像捉了一些小童，你知不知道他有何目的？」

「幹嘛問起這事情？」

「其中一個是我朋友的……女兒。」

洪先生沉默了一會，嘆了口氣。

「那算你朋友倒霉了。」

「為了器官？抑或人口販賣？」

「你認為他這種人，捉小孩就為了如此？」

「那請你告知我真相吧。」

「有些事，你們不該知道……況且，我立了約，不能透露。」

勝文蹲下來，直視洪先生。

「洪先生，當日你說過，他日我有要事找你，你一定會幫我。」

十數年前，洪先生的兒子給擄走。他給了贖金，贖回兒子，事情看似結束。

但他這個人，有仇必報，暗中追查綁匪的下落，可花了七位數字仍徒勞無功，經穿針引線下認識了勝文，不足一星期，勝文便查出綁匪的藏身位置，令洪先生可派人把他們全數幹掉。

洪先生對勝文很是欣賞，不但付足了費用，還誇下海口，承諾日後若遇上什麼麻煩，可以隨時找他幫忙。

洪先生雖然患上怪病，但無損記憶，他當然記得自己說過什麼。晚年弄成如此模樣，洪先生沒怨過半句，只因他知道自己並不是什麼好人，年青時也曾幹下不少非法勾當……有些事，總要還的。

既然都已活不了多久，就當爲他的後人積陰德吧。

「跟我們這些超級富豪相比，霍中天還有點距離，不過他很會籠絡人心，憑獨特技巧搭上了很多上流人士。他創造了一個『樂園』，爲這班有錢人提供特殊娛樂。能成爲這個世界『會員』，都有一定的身分與地位。」

「你也是『樂園』的『會員』？」

「嗯。所有的會員都得立約，不能透露『樂園』的事情……違約者，是會有後果的……」洪先生開始吞吐：「至於霍先生……他從來沒參與『樂園』的玩意，他只喜歡收藏。」

「被他捉走的小孩，就是藏在『樂園』裡？」

「可以說的，我都已說了。」

「『樂園』，在哪裡？」

洪先生別過臉，用力推著滑輪，臉朝觀音。

「你走啦。」

「我求你告訴我。」

洪先生不爲所動，閉眼頌經。

「洪先生，現在有個女孩正等著我朋友去營救。」

「死心吧，你們不可能救到她。」

「就算她死了……也起碼要找回屍體。」

洪先生再沒答話。

「請你不要見死不救……」

洪先生繼續頌經。

勝文的視線從洪先生身上移到觀音像。

良久，發出一聲冷笑。

「唸經頌佛，又有何用？」

勝文握腕，內心燃起了一股莫名怒火。

「你信天信命，就是不信——因果報應！」

勝文的話字字鏗鏘，如刀鋒直刺洪先生心房。

就算他跟洪先生的關係有多好，說話也似乎過了頭。

像洪先生這樣級數的大富豪，就算是身邊的至親，都不曾對他說出如此冒犯的話。

他停止唸經，緩緩回頭，以一雙不怒而威的目光盯著勝文。

「哇——」

學校走廊傳出淒厲絕倫的叫聲。

一柄萬用刀，插進大漢的眼球裡。

眼球爆裂，血水從窟窿中噴灑出來，把阿浪的臉濺成血紅。

其他人目睹這一幕，愣了一下，所有的動作都被僵住。還未回神，便見阿浪手中多了柄開山刀，如死神般殺入人群。

橫劈一刀，把面前那人的頭頂開了個血洞，誇張的鮮血和著腦漿如蓮蓬狂噴。

失去頭顱的身體沒即時倒下，手腳不協調地擺動了好一會才跌下來，撒得一地血。

之前的幾場戰鬥，阿浪都刻意留力，把對手打倒就算，沒想過奪命。但當憤怒和仇恨超過了限度，他就要以最殘酷的手段來一場血腥大反擊！

阿浪身上散發著超巨大的殺氣，單是這個氣息已是生人勿近，再加剛才的一刀，更達敲山震虎的效果。

大漢們都被阿浪的氣勢嚇得不敢搶攻，進退維谷之際，阿浪已踏著地上的鮮血往前走。

小金的視點望出去，只見阿浪手臂一揚，手中的刀橫劈直砍，動作快得驚人。每一刀都幾乎奪命。

阿浪對泰來的仇恨火焰根本從未澆熄，只是一直被強行壓制。經過連場戰鬥，多番挑釁，蟄伏在阿浪體內的猛獸終被喚醒。

從前活於血腥與殺戮世界的男人，已回到人間。

他要以絕對暴力來震懾這班不知死活的惡徒！

正殺得性起的阿浪，渾然忘我的情緒突然被一道突如其來的痛感驚醒。

左臂給劃了一道口子的阿浪，沒有動怒，雙目卻如死神盯著面前的那個刀手。

「你砍我？」

阿浪趨前，握刀的手勒勒作響。

「再試試。」

刀手嚇得渾身抖顫，不住後退。

「我叫你再砍呀！」

阿浪一喝，刀手大叫壯膽，揮刀迎頭砍向阿浪。

阿浪揮刀一擋，強大的震盪令那柄刀脫手飛開。

刀光橫抹。阿浪在刀手身邊走過。

刀手感腰間一涼，低頭一看，發現不知何時前腹至左腰多了道巨大血痕，自己的內臟從傷口滑出體外。

慘號不絕，斷肢滿地。見識過阿浪的可怕，誰還敢上前送死？還未倒下的，都已散了，包括領兵的小金。

小金以爲帶來的十幾人已足夠收服阿浪，沒想過他厲害至此，不消一刻便把己方人馬砍個氣勢盡洩。

輸人又輸陣，小金沒蠢到以爲可以扭轉局勢。一見勢頭不對就逃出學校，走回車廂裡。

滿頭大汗的小金因緊張之故，弄得手忙腳亂，試了幾次也啓動不了引擎。再來一次終於成功。小金一喜，正想驅車離去，身旁就響起玻璃爆裂聲。未及定神，頸項便給一隻強而有力的手抓緊。

把小金抓著的人，除了阿浪還有誰？

這個世上，有兩個面孔是阿浪一生都無法忘記，對他們恨之入骨。

一個是泰來。

另一個，就在眼前。

如今，小金正被自己的手緊鎖。

好像等了千年萬年，阿浪終於也等到了這一天！

「浪哥……我只是奉命……行事……對不起……我也是被迫的……」

阿浪加重握力，小金再說不出話，一臉漲紅。

看著小金這副驚惶失措的模樣，阿浪絲毫沒有動起一點惻隱。不夠，這種人，就算痛苦千倍，或者死個十次八次，也不夠。

「浪……哥……我告訴你……泰來……位置……」

小金知道，除了出賣老大，再沒有任何求饒的籌碼。

但復仇的烈火卻不會因此熄滅。

快要窒息的小金，辛苦得把舌頭凸出。

阿浪突然鬆手，掌心一托，猛力地打在小金的下巴上。

上下兩排牙齒有如閘刀，硬生生把中間的舌頭給割了下來！

引以爲傲的舌功被阿浪一招盡毀，小金痛得張口怪叫，雙腳亂踢一通。

阿浪打開車門，猛踹小金，連爬帶滾給打到隔籬的副駕駛座。

他進入車廂，再向小金送上一肘，把他的鼻梁打爆。

被打得一塌糊塗的小金，痛得以雙手按著鼻頭，阿浪橫瞅他一眼，怒氣仍然未消，一手握著他右手食指，發力一扭，手指便不尋常地反向掌背。

小金除了感到一陣撕心劇痛，更傻了眼地看著那隻扭曲了的手指。

「今晚我救不了她，很多人要陪葬。」阿浪以毫無情感的語調說。

聽到阿浪這句話，小金知道今晚將會非常難熬，嚇得臉上肌肉抽搐，失去血色。

小金驚魂未定，阿浪已神速地握住了他的尾指。

「嗚嗚！」

小金哭著求饒，一褲子都是尿水。

正當阿浪想繼續對小金施以酷刑之際，手機響起。

「喂。」

「阿浪，我找到個地址，她可能在那裡……」

勝文最後也在洪先生口中問出「樂園」的地址。

「那個『樂園』是霍先生的地方，你要有心理準備，可能……一去不返。」

「嗯。」

「浪，保重。」

「多謝。」

這世上已經再沒有任何東西能夠阻止阿浪，他踏盡油門，準備在霍先生的「樂園」大鬧一場。

人與人的相遇，必有它的原因與命運。小花在阿浪的人生低潮中出現，令早已對世間絕望的人，重燃希望。

——那個女孩，在別人眼中，可能卑微有如流浪狗，但對阿浪而言，她是他的天使，也是他活下來的唯一意義。

如果今晚救不了她，就來個玉石俱焚吧！

## 13

根據勝文的指示，阿浪來到一個偏遠的新界地方。

車子駕到一個人跡罕至的草地，四周的芒草把整輛車包圍著，遮蓋了前路。

「是不是這裡？」阿浪問副駕駛座的小金。

半死的小金點頭，指著前方。

沒街燈，也沒路牌，置身伸手不見五指的漆黑大環境，阿浪一直慢車行駛。

大概駕了半分鐘，穿過了芒草區，見遠處有十數幢三層高的建築。

這個地區原本是某大發展商的低密度住宅發展項目，幾年前完成外牆建築就停了工，成了半荒廢地域。

在這不毛之地，出現一幢幢灰暗石屋，氣氛陰森詭祕，猶如鬼城。

霍先生的「樂園」設在這地方？

「哪一幢是入口？」

小金指著其中一幢樓。

那裡有幾個人站著門前，正在吸菸聊天。

「沒騙我？」

小金不住搖頭。

「我信你。」

小金以為鬆一口氣，但見阿浪從褲袋取出一條鮮黃色毛巾，在自己的右手上打圈緊綁，就覺得很不對勁。

阿浪雙手抓緊方向盤，眼角瞄了小金一眼。

「唔唔……」

小金已知接下來將有恐怖事件降臨，慌忙亂抓安全帶，還未扣上，阿浪便踏盡油門，往那幢樓直衝過去。

引擎劃破寂靜，發出怒吼。車速一下子達至時速一百二十公里，嚇呆了旁邊的小金，同時也驚動了那幾個守衛。

守衛們見車子如炮彈衝過來，立即如鳥散開。

車子將要撞向大門一刻，阿浪急速煞車，同時猛扭方向盤，車身作四十五度橫移，車尾滑動，把走避不及的兩人撞飛。

來不及扣上安全帶的小金，頭顱撞爆了車窗，飛出車外，痛得死去活來、嚇得魂飛魄散。

小金如一條又濕又破的舊毛巾，軟趴趴地躺在地上，眼神渙散，沒了靈魂般失去焦點。如果可以選擇，他寧願痛快死了算了。

阿浪不理小金，逕自下車。眼前有三個手執電棒的守衛一身怒氣，朝自己方向而來。

這三個人同時間舉棍猛衝，阿浪雙目如利刀出鞘，閃出了寒光。

不足十秒，就把那三個人痛擊至暈死地上。

阿浪步入樓內，裡面有部升降機，按了幾下也沒反應，便抽起小金，把他拖到升降機入口前。

「開了它。」

被折磨至不似人形的小金，就像一頭聽話的喪家之犬，阿浪叫他做什麼，他都得乖乖照做。

他張開抖震的右掌，印在升降機旁的識別器上。試了兩次都沒有反應。

「你耍我？」

小金驚惶地猛搖頭，阿浪知道他不敢耍小手段。看著他放在識別器上的手掌，便清楚出了什麼問題。

剛才給扭曲了的食指，根本沒貼在識別器上，於是阿浪便幫他一把。

創傷再被觸及，小金發出殺豬般的慘叫。

「哇吔……」

辨識了指紋，升降機門打開。

阿浪一手抓著小金的後頸，一同進入裡面。

升降機只有一個鍵。阿浪按了鍵，門關上，開始往下降。

不知怎的，雖未走到心臟地帶，但阿浪卻被一股怪異的氣氛包圍，令他的心跳愈來愈急速。直覺告訴他，泰來正在這座大樓的某一角。

今天無論能否救出妹頭，他跟泰來的恩恩怨怨，都要來個終極結算。

叮——

升降機門打開，外面是條長廊，牆上鑲了兩排昏黃壁燈。

一直往前行，盡頭處有一堵鐵門，阿浪一手按著大門，惴惴不安，似感到大門後面正有什麼事物等待著自己。

他已準備好上演另一場血肉生死鬥。

一推開門，門內的世界叫他有點意想不到。沒有一大幫人在等待著他，沒有劍拔弩張的緊張氣氛，放眼一看，面前是個逾萬呎巨廳，佈置不算金碧輝煌，陳設簡約卻甚有格調。

前方有個舞臺，樂隊在演奏著西方樂曲，臺下卻有個大鐵籠，裡面有兩個赤裸上身的外籍男人進行搏擊，互毆對方。

大概有二三十人圍著鐵籠，有男有女，身穿名貴西服，全都戴著面具，遮蓋了半張臉，只露出嘴巴以下部分。氣氛格局很不搭調。

籠裡的拳手，每一擊都卯足了勁，打得血肉模糊，似乎正上演一場亡命對決。

他們愈打愈刺激，打得失去了人性，猶如古時羅馬角鬥士，為了榮譽、更為了生存而戰。

當中一個體格較魁梧的大塊頭，受了對方幾拳仍能站穩身軀，右拳儲勢而發，終於等待到出拳機會。

拳頭挾咆哮聲重擊在對手面門上，一顆眼球給打了出來，傷者抱頭在地上狂滾。

大塊頭繼續猛打，連續揮出十幾拳，把對手的臉打成紫黑，兩頰凹陷，再不收手恐怕會將他整張臉都給砸碎。

倒在地上的人不知死了還是暈了，失去知覺，一動不動。

比鬥似乎有了結果，一陣歡呼聲隨之響起。

正當大塊頭舉起一臂，擺出了勝利姿態時，地上那人突然迴光返照，張口往大塊頭的喉頭噬咬。

失去一目的人鼓起勁做最終反撲。大塊頭痛入心肺，不停打其頭顱。

幾拳過後，大塊頭漸漸失去力量，雙腳一軟倒了下來。站著的那個人，從嘴裡吐出一物。

倒在血泊中的大塊頭抽搐了幾下，斷了氣，結束了這場亡命肉搏戲碼。

觀眾都拎起手機，拍下這場生死搏鬥。

完了場，有人發現阿浪抓住個血人，不但沒感訝異，更立即以手機拍攝小金的慘相，一邊拍一邊笑，情景非常詭異。

就連阿浪也不明所以，生出了問號：這裡到底是個什麼地方？

阿浪使力捏著小金後頸，他便繼續引路。

舞臺旁邊有道門，阿浪推門而進。裡面有道長廊，走到盡頭，拐了個彎，又是一道長廊，兩邊是灰色水泥牆壁，每隔兩米左右就有一道鐵門。

經過第一道鐵門時，裡面傳來尖銳的叫聲，雖看不到任何畫面，但阿浪卻猜想到裡面正進行著什麼殘酷事情，不由得頭皮發麻。

再往前走，聽到另一道門傳出電鋸聲，阿浪皺著眉不願去想，腦海卻自我補完，閃出連串血腥畫面。

他大概知道霍先生的「樂園」到底是怎麼回事了。

愈聽便愈心寒，雖然不知道妹頭何以成爲他們的目標，但被捉到這裡的話，肯定不會有好下場。

經營這家「樂園」的霍先生，不是心理出現問題，就一定是個泯滅人性的魔頭。

妹頭落在他的手上，還會有好事發生嗎？

他已有心理準備，亦作了最壞打算。但就算妹頭眞的死了，至少也要取回她的屍體，更要令加害她的人付上代價。

阿浪繼續前行，經過第四間房時，鐵門剛巧打開，走了個赤裸半身的中年胖漢出來，碰巧遇上剛經過的阿浪，兩人四目交投。

「服務員，你來得正好，出了狀況呀！」胖漢一臉緊張。

阿浪從門縫望進去，見房內有個衣衫不整、口吐白沫的女人癱倒地上。

「我還未開始，她就快要死啦！你們要換另一個給我呀！」

「嗚嗚……」小金一見胖漢，立即發出嗚咽。

胖漢起初也看不出他是誰，再看了幾秒，終把他認出。

「小金！怎麼弄成這個樣子？」胖漢正是黃總，他驚叫道。

阿浪再也無法容忍，一掌壓住黃總的頭部，把他的臉撞向石牆。

黃總倒下，阿浪繼續向前走。此時，走廊盡頭走了個身穿黑西服的人出來。

他沒戴面具，盯著阿浪。

看對方的服飾，阿浪就知他不是會員，而是「樂園」的保安。

保安跟阿浪對望了一會，便轉身離去。

阿浪見走廊的天花板都是閉路鏡頭，他大概猜到，對方得知自己來了，便索性派人引路。

阿浪跟上，走到走廊盡頭，左邊原來還有另一條巷。他加快腳步，走到那保安的身旁。

二人沒有對話，也沒有再作眼神接觸。阿浪一直跟隨著他的步伐，走過幾條長廊，終來到一個逾三米高巨大木門前。

裡面傳來有節奏的乒乓球來回聲。

保安雙手按門推開，裡面是個大廳，站了十幾名穿黑西服的人。

中央放了張乒乓球檯，兩個人正在揮拍打球。

其中一方做出抽擊，乒乓球急速回彈對面，擊敗對手。

「Yeah－！」

勝方握拳舉臂，笑了笑，望向門前的阿浪。

阿浪一見那人，毛孔擴張，骨骼吶喊，潛伏於體內的那股沉睡之火，也在一下子燃燒。

阿浪對泰來的仇恨，已入了骨髓，堆積得根深柢固，並沒有因爲時間而減退。

復仇的火焰，燒紅了瞳仁，每吋神經都在蠢蠢欲動，將要對眼前的仇人，展開血腥大報復！

泰來放下球拍，瞧見小金便裝出驚訝模樣。

「嘩，小金，你很傷呢！」

「嗚嗚……」小金發出求救慘號。

阿浪掄拳，當著泰來面前，打在小金的頭顱上。

碰——

勁力無儔的一拳，幾近把腦袋震至四分五裂。受此猛擊，小金雙膝跪地，雙目凸出，鼻孔噴血，給活活打死了。

「犀利！」泰來讚嘆。

「泰來！」阿浪木然。「小花在哪？」

泰來踏前一步，直視阿浪。

「有件事我一直想問你。」泰來笑著：「你倆非親非故，爲什麼拚了命也要救她？」

「因爲她是個善良的人。」

「哈！」泰來失笑：「就是這個原因？」

「還不足夠嗎？」阿浪：「這世上，已經太多像你這樣的人渣，一定要有多些好人，跟你們抗衡。」

「跟我們抗衡？」泰來抓抓耳朵：「我沒聽錯吧？你是說，憑那個女孩？她只是一頭野狗而已。」

「就算她是野狗，你永遠也不會知道，這頭野狗長大後會對世界有什麼影響。」

——那個女孩，救了一頭流浪狗；那頭流浪狗，後來救了一個嬰兒；那個嬰兒長大後，可能做了醫生，拯救了重要的人；那個舉足輕重的人，或許是未來世界的一國之首，最終平息了第三次世界大戰，解救了地球的毀滅……誰知道會不會這樣？

——只知道，不用假設，她也著實拯救了另一頭浪浪——他，張浪！

「浪哥，你想像力真豐富呢。」泰來不屑恥笑，然後收起笑容：「不過很抱歉，這頭狗已給我宰了，你永遠都沒機會看到她長大。」

「我說過，她死了的話，你的命會用來墊她屍底。」

「好啊，試試看。」

泰來後退一步，那班黑西服手下便向阿浪衝殺過去。

要打垮眼前十數人，並非易事。阿浪也不是未曾面對過以一敵眾的場面，要在這情況下作戰，就得先發制人，一出手就要把對方的張狂氣燄震潰。

阿浪的視點停留在面前一個正要出拳的爪牙身上。

爪牙出拳，阿浪避開，右手順勢抓著他腕部，左手揑住他的頸項，提膝往手肘猛力撞下去。

關節破碎，手臂成反V字形扭曲。

「哇哇——」爪牙發出破天慘叫。

慘叫聲響徹大廳，傳入一眾耳內，餘人氣勢頓時一窒。

阿浪趁勢出手，瞄準下一個目標，同樣以又快又狠的打法把對方的關節打斷。

對方人多勢眾，就算自己眞是鐵打，也有力盡一刻，拖得愈久就愈是不利，故此他便藉對方的慘叫來震散敵陣軍心。

他們一旦被自己的氣勢所懾，信心便會動搖，動作自然變得猶豫，只要乘住這道氣勢打下去，對方的陣勢便如骨牌，給一一推倒。

阿浪臨危不亂，拳速極迅，落點奇準，打出了節奏，瞬間已擊垮好幾人。

在旁觀戰的泰來，已看穿了阿浪的把戲，他拿起球拍，瞄了一會，看準了機會便往阿浪飛擲。

球拍如箭般疾射，阿浪驚覺眼前飛來一物，想閃躲卻已來不及，頭部猛然中擊，連仆連跌退了幾步，差點倒在地上。

「上啦！」

阿浪的大勢被泰來一擊而潰，眾人便一擁而上，以圍合之勢展開狂錘猛打。

幾秒之間形勢大轉，阿浪命中了泰來一擊，一陣暈眩，鮮血從傷口噴撒，模糊了視線。

來自四方八面的狠打猛擊如狂風暴雨轟炸在阿浪身上，面對這密集攻勢，一旦慌了就無法突圍，隨時被打個重創倒地。

阿浪肉體雖承受著痛楚，但頭腦仍然清晰，他忙以雙手擋住頭部，護住要害。吸一口氣就往前衝，明知前面有人擋住，仍猛撞過去，終破開了缺口，緩一口氣。

可後面那班人如喪屍看見獵物般窮追不捨，阿浪蹲下來拾起地上乒乓球拍，右腳爲軸，身隨腰轉就往後砍。

阿浪力聚一臂，爲球拍製造出超巨大的衝擊力。拍邊砍向一人的小腿前骨，即響起一陣巨大的骨骼爆裂聲，痛得他臉容扭曲，倒地叫喊。

手握「武器」又不同說法了，阿浪以拍代刀，衝入敵陣，橫砍直斬。每一擊都擁有敲破骨骼的爆炸力。

有個爆了鼻梁。

有個頰骨凹陷。

另有個下顎破碎。

中擊者無不倒地狂滾，轉眼已把泰來的爪牙統統打個倒地不起。

阿浪的狠勁，換來了泰來一陣掌聲。

「犀利！眞心覺得犀利！」泰來拍著掌說：「我當年果然沒看錯人，你就是最好的。」

泰來依然從容，沒有被阿浪的氣勢所震懾。

阿浪握著染滿鮮血的球拍步向泰來。

「我問你最後一次，小花在哪？」

「好悶啊！你有沒有另一句？」泰來聳肩。「都說死了，你不相信，我也沒辦法。」

「那你就去陪她吧！」

阿浪把球拍飛擲出去。

球拍飛到泰來身前，他不慌不忙，閃身避開，砸在他身後的大玻璃鏡上，造成一道裂痕。

在泰來避過球拍的同時，阿浪已急奔到他的身前，展開攻勢。

當年阿浪親眼看著愛妻慘死，他一直認爲是自己不夠冷靜，害死了她。連復仇的勁也提不起，隱居錦田。

然而他其實知道，就算當日他把鑰匙拿到手，也未必可以成功把她救出。因爲泰來從來就不是一個信守諾言的人，而且他一向以玩弄別人爲樂，從中獲取快感。故此阿浪不止一次告訴自己，愛妻之死是注定了的結局。

可他還是無法釋懷，無法原諒自己。

每一個無法入睡的寂寞夜晚，都會出現自殺的衝動。

一個理應生無可戀的人，卻走到陌生的地方開辦士多，放空了人生，見日度日，到底爲了什麼？

或許就是爲了等待某年某月的某一日，一個喚醒他復仇火焰的契機。

小花的出現，在阿浪的生命起了巨大的變化，令他對生活有了熱情，亦改變了他的價值。

堅持善意，做自己認爲對的事，會爲世間帶來好的改變。

巨大的海浪，是由微小的水滴和涓流聚合而成的！

所以直到這一刻阿浪還是相信，善良的小花還未死！

現下唯一的出路，就是用武力令泰來說出眞相。

然而，泰來的實力太強，雙方拚鬥了近五分鐘，阿浪仍未能把他壓下。

距離上次跟泰來交手已有好幾年，上一次，可能情緒不穩定，打不出狀態，令阿浪一直受制於對方，幾乎一開始就捱打。

今回比較好，起碼有來有往，不至於一面倒。

不過打了一陣子，阿浪就發覺要扳下眼前這個人，實在不易。

也大概泰來對自己實力有絕對的自信，才能如此氣定神閒，擺出一副吃定阿浪的模樣。

阿浪緩了口氣，又進入新一輪搶攻。

一開始阿浪還能保持冷靜，沒打亂動作節奏，但當他發現自己的實力跟泰來仍有差距時，就打得急起來。

亂無章法，露出了破綻，被泰來控制了形勢。

阿浪的動作明顯不及之前俐落，拳腳受制於泰來，身上不知中了多少記重擊，給打個鼻青口腫。

直到現在阿浪還未倒下，全靠意志支撐，但形勢扭轉不了的話，最終只會一敗塗地。

現場還有另一位神祕觀眾，透過閉路電視欣賞著這場精彩戰事。

那個觀眾就是「樂園」的幕後主腦，霍先生。

由阿浪走進「樂園」開始，他就留意著對方的一舉一動。可是他不但沒有做出阻止，還派人引路，似乎並不擔心他會對「樂園」造成什麼破壞。

當阿浪以一敵眾時，他甚至還怕阿浪很快會被打垮，幸好他的表現尚算令人滿意。直到跟泰來對打，情況逆轉，阿浪的下風情勢，叫霍先生看得非常緊張。

但阿浪的意志非常強大，無論倒下了多少次，他都仍然可以再次站著。

他為小花千辛萬苦走到這裡來，目的未達，又怎可以就此倒下？又不知挨了多少拳，阿浪狂吐鮮血，半跪地上，左眼已腫得不能視物，力氣頂多只到最高狀態的四、五成。

反觀泰來還是狀態大勇，雖也有掛彩，但一臉從容，仍綽綽有餘。戰況雖不至於一面倒，不過誰都可以看出，泰來技高一籌，再打下去，阿浪也只有挨打的份兒。

阿浪緩了口氣，再度站起，又再繼續下一個回合。

戰幔再開，阿浪採取進攻，他的套路早已被泰來看穿，無論他如何使勁，拳擊或是足踢，都給泰來一一擋開。

一輪急攻過後，阿浪體力漸降，動作亦都慢下。畢竟不是年青之軀，就算他是鐵鑄，體能也始終不是可以控制的。

泰來幾乎可以斷定，阿浪已拿不出什麼板斧，要玩也都玩夠，是時候做個了斷。

「阿浪，你始終打不過我。」

泰來主動搶攻，一出手就是疾風迅雷，就是狂風暴雨！

攻勢又烈又急，無招無式卻又並非隨意亂打，拳腳節奏渾成，無跡可尋。阿浪還未能看清楚對方的拳勢，便已中招。

這樣一直給打下去，阿浪遲早會倒下。身在密集的拳網中的他，根本難以反擊。能做的，就只有以雙臂護住頭部，盡量拉長被打倒的時間。

頭破血流，血花四濺。在泰來眼中，阿浪只是一條待宰的魚兒，只要自己喜歡，就可以隨時要了他的命。

能掌控著別人的生死，實在很有快感。就這樣打死他，太沒趣，所以泰來故意放輕力度，要玩多一會。

可就在他以爲可以繼續打下去，突然雙腳一空，身體不知被什麼力量抽起，眼前的世界頓覺天旋地轉。

「碰」的一聲巨響，泰來撞落大鏡子上，背門陣痛，還未清楚發生了什麼事，胸便又中了阿浪的膝撞，吐出大口血水。

泰來身後的大玻璃受壓，剛才給球板造成的裂痕變得更深。

阿浪把全身的力量聚於一腿，瞄準了泰來的面門衝踹。

力度萬鈞的一擊可不是說笑，泰來慌忙地往旁閃躲。

阿浪錯失殺敗泰來的唯一機會，直踹在鏡子上。

連番受擊，鏡子終抵受不了巨大的撞擊力而當場爆碎。

目睹此景，泰來心有餘悸，首次露出訝異的神情。

他以爲已經吃定了阿浪，從沒想過對方還會爆發出如此驚人的殺力。

千萬別小看不要命的反撲，閃遲半秒，命中此擊，泰來的臉骨可能已爆裂了。

泰來狼狽地倒在一旁，阿浪卻沒趁勢再上，只呆呆地望著眼前景象。

鏡子後面，是另一個房間。四壁全黑，天花板上有一盞盞射燈，射在下面的陳設上。

站在他面前的，是一個蝙蝠俠。

蝙蝠俠後面，有十多具「陳設」，全都是跟小花年齡相若的「人偶」。

阿浪心裡浮起一陣不安，深吸口氣踏步而前，走到那些人偶面前，抬頭看去，心涼了半截……

# 第五章
# 最好的人生就在九歲

小時候，我是人們口中的天之驕子，得天獨厚，是個幸福兒童。

爸爸是企業家，媽媽是息影大美人。身爲他們的獨子，我受盡寵愛，任何玩具與美食都唾手可得。

讀名校、住大屋、出入有司機接送、外遊坐頭等機位，長相還很可愛俊美，我以爲一生都可以這樣活著。

直到我九歲那年，所有美好的東西都幻滅了。

那一年我爸爸生意失敗，欠債破產。

媽媽得了怪病，臉上長出了奇特的腫瘤，自殺殞命。

之後我跟爸爸相依爲命，由大屋搬到了破舊唐樓（注）。

每當想起媽媽，想起那些醜陋的肉瘡，我都想哭。

但我從未也不會在爸爸面前痛哭，因爲我不想給他帶來負擔。我幻想爸爸可以在事業上再創高峰，好日子一定會再臨。但原來當一個人的意志崩潰了，不是說說就可以再次振作。媽媽死後半年，日漸消沉的爸爸情況變得更壞，除了喝酒，已經沒有什麼事令他提得起勁。

記得有一晚我很肚餓……兩天沒進食了，我餓得全身無力，這樣下去，我可能會餓死。

於是我第一次在他面前哭了，埋怨肚子好餓……

沒想到，爸爸竟以拳腳來回應。

不記得被打了多久，我只記得在半昏迷狀態時，媽媽來了。

她對我盈盈笑著，樣貌跟昔日一般美麗。

眞希望可以跟媽媽就此離開。

可是我後來還是慢慢醒轉過來。醒來的時候，爸爸就在我身旁，他很內疚，聲淚俱下地哭著跟我說了一遍又一遍對不起。又說爲了我，會好好地找工作。

結果，接下來的日子，我身上已經數不清新添了多少道傷痕。

這種日子大概過了一年，然後到了聖誕節……以前每逢聖誕，爸爸媽媽總會

注：唐樓是中國華南地區、香港及澳門，甚至東南亞一帶於十九世紀中後期至一九六〇年代的建築風格。唐樓不少混合了中式及西式建築風格。

準備好禮物給我。那個溫暖的家，總會佈置得很有節日氣氛。

我當然知道這種好日子不會再來，也不敢奢望會收到聖誕禮物，沒想到爸爸竟買了新衣給我，又帶我去吃聖誕大餐。

他沒跟我說什麼話，只不時笑著摸我的頭。

那天氣溫雖然寒冷，但被爸爸抱著入睡的我，卻覺得很溫暖。很久沒有睡得如此香甜，到得我一覺醒來，已是天明。

我張開眼，首先是刺眼的陽光從窗口射進眼簾，之後我看到爸爸，他就在我的面前。

——凌空的。

頸項套上麻繩，臉色紫黑，雙眼和舌頭凸出。

褲子濕透，沾了失禁的屎尿。

為什麼要讓我瞧見這個畫面？

我想不通，我一直都想不通！

爸爸明明是個有社會地位的殷實商人，為什麼落得如此悽慘下場？

這段經歷讓我得出一個結論，人不可以窮，窮會磨蝕意志、會扭曲本性。

我立志，要用功讀書，長大後成為有錢人，重投上流社會。

不過，說到底爸爸也是愛我的，他原來投保了巨額壽險，他死了，一切債務解決了，還留了可觀數目的遺產給我。

十八歲成年，我終於在信託人手上拿到那筆錢；後來，我用這筆錢投資房地產和股票，財富翻了幾翻；我也擁有自己的公司，業務愈好愈好；未到四十歲，已坐擁十億身家，超越了當年爸爸的成就。

有錢有地位，我擁有別人夢寐以求的人生，但我一點也不快樂……

因爲那段黑暗的日子，始終亦步亦趨，一直沒有離開我。

因爲那段黑暗的日子，始終不離不棄，從來不肯放過我。

每當我心情比較愉快時，雙目凸出的爸爸都會在我夢中出現，好像提醒我，他死得好慘，我憑什麼得到快樂？

他要繼續當年在我身上施加的精神和肉體暴力！

我試過看心理醫生，情況沒有改善。吃了藥之後噩夢來得更頻密，每隔兩三天，爸爸就會在夢中出現，繼續上演虐打我的戲碼。

合起眼睛，想要睡覺，就像要面臨行刑，精神壓力好大。

多少個夜裡，我都要把威士忌一杯又一杯灌進胃裡，才能入睡。

我的性生活也不如意，我的那個，從來也進不了女人的體內。好幾次，每當到了緊要關頭，媽媽崩塌了的臉就跟眼前的女人重疊在一起，嚇得我立即軟掉，再也硬不起來。所以後來，我既再沒有交女友，也沒有娶妻。

別人誇我是城中筍盤，是鑽石王老五；也有傳聞我是同性戀，我只有一笑置之。

我以爲，我的人生，將會永世跟爸爸媽媽糾纏在一起；直至一天，有個壞壞的朋友壞壞地訕笑著，跟我分享了一些他的「珍藏影片」。

「霍，你沒有看過這個吧？」

那之前，我看過最血腥的，就是爸爸的上吊畫面。

那之後，我的眼界大開。

「霍，有意思吧？」

「不壞……嗯，很好。」

「就知道你會喜歡。」他像算準我一樣，說得輕佻。我不知道他爲什麼說他知道，但他的確沒錯。

那些地下影片，內容全是虐待、殘殺實況。血腥、瘋狂、變態、賤格、沒道德、殘忍、恐怖……

世上愛好變態玩意者原來多不勝數，就算表面是個好好先生、模範好人，也有陰暗面。

爲滿足獵奇心，某些人會用上特別的方法，進入俗稱「Deep Web」的深層網路。

只要有門路又願意花錢，什麼噁心怪異你想得出想不出的玩意都可以在深網裡欣賞得到。

我卻不是爲了獵奇，而是爲了治療——因爲看了那些影片之後，我發覺，我居然沒有再夢見爸爸。

我那壞朋友，原來比所有出名的心理醫生，還要管用！

那些不堪入目的畫面，竟成了我的靈丹妙藥！心靈雞湯！

興奮到，我那話兒，竟然可以再次硬起。四十歲，我終於脫離了處子之身。

原來，墮落到更黑暗，之前那段揮之不去的黑暗日子，忽然就不再困擾我了。

漸漸，我認識了一班志同道合的新朋友，全都是有學識有地位的上流人士，他們跟我一樣，華衣裡面，都埋藏了一頭禽獸。

我們會定期舉行交流會，分享看過的「有趣」片子。

片子雖然很有娛樂性，但只得視覺官能刺激，始終不夠刺激過癮。過了一段日子，大家都已看得漸漸痲木，想要尋求更高層次的樂趣。

我想到了一個非常有趣的點子，就是以「Deep Web」的概念爲藍本，創造一個眞實的——暗網樂園。

「樂園」誕生，朋友們都很讚嘆這個概念，所有的「貨」都是從外地入口，難以追蹤。再加上我們的會員全都是上流權貴，勢力遍及不同範疇，有他們包庇，「樂園」就能夠一直經營下去。

我們也訂立了一些規則，還分會員級別呢，想要入會的人們都要嚴格遵守。那可是身分的象徵，有錢有權有勢的人，就最喜歡這套了，顯得跟凡人賤民與別不同。

然而我雖建立了「樂園」，但卻從未親自動手，參與當中的虐殺環節。我不是殘殺狂，看片還可以，看直播更佳。可我不是野獸，我始終是生物鏈上最頂層的人類！在人類社會，更是站在金字塔頭上層的存在！

嚴格來說，我還是個收藏家，在這之前，我就很喜歡收集一比一等身電影角色的模型，像那些超級英雄，像那些銀河系經典電影的角色……

現在，我喜歡儲的，卻是——

標本！

人類小孩的標本。

自從在「暗網」投了一個小孩標本之後，此後，這個「嶄新系列」的收藏慾就一發不可收拾。儲小孩子標本，是我近年的興趣和嗜好——雖然接受報刊雜誌電視臺訪問時，當被問到「霍先生，你平日有什麼嗜好？」時，我卻不敢如實回答。

我向外展示的，就只有那些電影角色，不少學生還來過參觀呢！

可是小孩標本儲多了，又開始覺得好像還欠缺什麼。

想了又想，終於想通答案，就是——親切感。

於是大約在半年前，我冒了個險，首次在香港尋找獵物，把他活捉，製成標本。

九歲是最美好的年紀，所以我選中的，全都是不到十歲的小孩。他們不是孤兒，就是家庭背景出了問題。

他們短暫的生命，盡是悽苦，活在世上太慘了，我只是幫他們作解脫——都說我是慈善家嘛，幫助受苦兒童，應該也很對路吧？

爸爸的故事，讓我知道，人若活著沒尊嚴，只有痛苦活受罪的話，倒不如及早解脫，早登極樂；但如能在死亡之時，留下什麼給別人，令他人受惠，那就也算不枉此生，死得有其價值。

三個月前，我在學校的演講臺上看到李小花……第一眼看到她，就很喜歡。我記得離開學校那天，坐在車裡，雨簾一直頑固地落下，大地都被淋得濕漉漉，我內心泛起一點點傷感。說不定有個小女孩正在受苦，等著我去把她解救呢！

不過我做人是很講原則的，還沒證實以前，這些臆斷不作準，我有多喜歡她也沒用，她必須符合標準。

調查在持續進行，我默默在等待。

「眞好……」收到結果，我由衷地、開懷地笑了。

該說我目光如炬好，還是天意的安排好呢？小花的身世背景很可憐，沒家庭溫暖，條件很吻合嘛，對不？

於是，接下來的就按照劇本進行，一切都相當順利，直至爲小花進行手術前一刻，卻出了些狀況……

# 第六章
# 浪與花

眼前的景象，令阿浪全身每個毛孔冒起冷汗，胃部抽搐，一陣噁心嘔吐感直衝喉頭。思緒亂作一團，神志瀕於瓦解，整個世界在急速轉動。

想踏步，人卻如處於太空般失重，沒了方向感。

這裡是什麼地方？是魔鬼的樂土！是上帝的禁地！

稍有血性的人也不能久留，但阿浪卻要硬著頭皮，迫自己直視每具標本。

看著那一具具恐怖標本，他終於知道，妹頭何以會被霍先生抓走。

他不信神，但此刻心裡卻不斷祈求上帝，希望最壞的事情沒有出現。

阿浪也曾做過錯事，但與之相比，只是皮毛。

到底心腸壞到什麼程度的人才會如此泯滅天良，實現這項邪惡工程？

阿浪不認識霍先生，當然不知道他那段慘痛的童年經歷及往後的心路歷程。

縱使他知道，就會理解和原諒這魔頭？

——絕不。

但阿浪既不是聖人，也不是英雄。

他只是——小花的大叔。

他來，不是要解救眾生；他在乎的，是小花的安危！

阿浪的視點，最終落在遠處一個標本上。那個距離雖瞧不清五官模樣，但他卻認出了，那是小花的校服！

嗡嗡嗡嗡嗡嗡嗡嗡嗡嗡嗡嗡——

巨大的耳鳴聲再次響起！

電光火石間，阿浪的腦海閃過了這些日子以來，跟小花相處的片段。

每個畫面，盡是她那晏晏大笑臉。

自從愛妻死去之後，阿浪的人生黯淡，是小花在灰白一片中，一筆一筆塗上新色。

好不容易，阿浪才在冷酷異境裡尋回一絲曙光，卻想不到黑暗始終那麼強大，剝奪了他的希望。

他不能接受這個結局！

阿浪捏住自己的胸口，用力咬著下唇。絕望感流遍四肢百骸，這種痛得像心臟病發的強烈撕心劇痛，在五年前，他曾經有過一次，那次死去活來以後，他以為自己從此無親無故，孑然一身，此生也不會再嚐。豈料，上天又一次，欺負這個可憐的男人。

那個女孩到底做錯了什麼事？

她那麼善良，為何卻一直與惡的距離這麼近？

為什麼？為什麼？為什麼？為什麼？

難道連神也遺棄了她嗎？

難道是魔鬼相中了她嗎？

悲痛不忍難堪絕望怨恨憤怒……千百種負面情緒，頃刻排山倒海鑽入阿浪身體，機關槍般連環炮轟每吋神經。

思緒陷進黑洞。

四周復歸平靜。

就在此刻，一個不知哪來的聲音，劃破了寂靜。

「小心後面！」

焦急的男聲，及時把阿浪從地獄拉回人間。

一股勁風從背面撲向阿浪，是來勢洶洶的泰來，要了結這一戰！

阿浪轉身，狂嚎。

所有悲慟，聚於一擊。

一拳，打在泰來頭上。

同時，阿浪的胸口中腳。

那腳力之猛，把阿浪的胸骨也給踢裂，亂七八糟地往後跌倒。

阿浪的意志給震至潰散，再難捏出半點力量打下去了。

至於泰來，只見他雙腳跌跌撞撞，一手按著被打頭上，口、鼻和眼，竟流出了鮮血。神情不忿中帶點難以置信，一直死盯著倒在地上的阿浪。

維持了好幾秒，泰來終於支撐不住，頹然倒下，雙目仍是不甘心。

他無法接受被阿浪打倒這個事實，咬實牙關想撐起身，鮮血卻猖獗地從指縫間湧出。

他的手慢慢從頸項上鬆開，發覺原來插了一物。

——那條一直壓得阿浪難以喘息的鑰匙。

今天，阿浪終把那條鑰匙還給泰來。

直至斷氣一刻，泰來仍然不可置信，瞪大雙目，盯著阿浪。

因果報應，做了壞事，種下的種種惡孽，終於來到償還一刻。

完了。

什麼也完了。

阿浪覺得，自己可以死了。

他殺掉仇人，大仇已報；可他也救不了妹頭。

反正，故事已經來到終局了。

他疲憊地閉上雙眼。

死神，可以隨時來帶走他。

他已經無所謂了。

躺在地上的他，像爛泥，滿身是傷，但肉體的疼痛遠遠及不上心碎的痛；本來英俊的臉，霎時容顏枯萎，兩腮凹陷，雙眼失焦，活像剛從黑暗洞穴爬出來的夜行怪物。

意識漸漸模糊起來，像伏身在沙灘上，潮水和思緒不停向他撲冚襲來。

濁浪滾滾，淚滴漣漣，耳際雷聲轟鳴。

恍惚中，他彷彿見到小花……

剛才那千鈞一髮間，若非有人提醒，阿浪早已死在泰來手上。

那對他出手相助的男聲，是誰？

那是……

一直在密室看著這一戰的觀眾——霍先生！

此際霍先生望著螢幕，眼泛淚光，似乎也被阿浪的義無反顧深深打動。

「世上竟然會有這樣一個人，爲了別人可以命也不要。」霍先生喃喃自語：「如果以前也有這麼一個人，會救我出黑暗就好了。」

霍先生旁邊響起了啜泣聲，他禮貌地送上紙巾。

一隻小手接過，她赫然是——小花！

時空回到小花將進行手術的一刻。

泰來叫鬍渣男脫下小花外套，給她打針。

除去外套，泰來愣住，叫停了鬍渣男。

「等等。」

泰來看見小花的手臂有些奇怪圖案……

細看之下才瞧出，那是一個個菸頭的烙印。

霍先生是完美主義者，不喜歡標本有瑕疵。試過有次捉了個小童回來，才發現身上有皮膚問題，想也不想就命令泰來把他殺掉。

以小花身上的受傷程度，相信霍先生一樣不會接受。但這件貨，霍先生心儀已久，大概會雷霆震怒……

泰來致電請示。

「你說什麼？」

「我說，那個女孩身上有很多菸頭傷痕……」

「你確定是菸頭傷痕嗎？」

「對，霍先生，是否把她幹掉？」

「帶她來……」霍先生平和地說：「我要活生生的。」

就連泰來也不明白霍先生何以要跟小花見面。

泰來把小花帶到霍先生的祕密房間，小花一眼就認出了他。

眼前的霍先生，散發出一陣詭異邪氣，跟上次在學校見面時的感覺截然不同。

小花被他盯得渾身不自在，惴惴不安。

「小花。」

「嗯。」小花很緊張，雙手抓住衫角。

「妳認得我嗎？」

「認得……」

「妳知道嗎，本來妳是不可以跟我活著見面的。」霍先生沉沉地說：「我們也算是有緣分。妳想聽聽我的故事嗎？」

精明的小花知道不能惹怒霍先生，猛力點頭。

然後，霍先生便向小花說出兒時的故事。

「九歲是最美好的年紀，要留住最好時刻，最好的方法就是製成標本。」

聽到這句話，妹頭嚇得全身抖震。

「原本我沒想過會見妳的……」

霍先生脫去外套，再脫掉恤衫，把背門向著小花。

他的背脊全是菸頭傷痕，比小花更多、更深。

「想不到我們的經歷接近，世上或許只有妳能明白我所受的痛苦。」霍先生伸出手說：「妳願意跟我成為朋友嗎？」

朋友？

跟大叔一樣的朋友嗎？

不可能。

但這個情勢，小花根本沒得選擇，只有順從他意，跟霍先生握手。

小花不知道接下來會有什麼事情發生，她只知霍先生似乎是個不正常的傢伙，說錯了一句話，隨時都走不出這裡。

她還不想死，她還想再見大叔，再見Nia，再見妹妹。雖然母親對她不好，她也想再見媽媽。

然後，霍先生便開始對她述說自己的故事，毫無保留地。時哭時笑，時溫柔時暴烈猙獰，陰晴不定。

小花愈聽愈心驚，眼前這個「新朋友」，根本是個崩壞了的心理變態。小花快要招架不住。她不知道，最後他會怎樣對待她……

誰可以來救她啊？

就只有大叔。

但，他只是平凡大叔，又怎可能找上這裡來？

「小花，妳是最特別的，妳已經知道我的故事，一定會明白和原諒我對妳這樣做。妳會成為我最喜愛的收藏品，所以，今次我破例……」霍先生拿起針筒說：「親自對妳下手。」

不，我不想死。

這種死，根本不是霍先生所說的死得其所。

這種死，根本毫無意義。

就在這時候，不可能的事發生了。她的大叔，竟如漫畫裡的英雄人物，硬闖進「樂園」。

「他是來救妳的？」霍先生望著螢幕。

「嗯！」小花哭成淚人，猛力點頭。

「妳眞幸運……」霍先生又羨慕又感慨：「竟然有人來救妳……」

霍先生放下針筒，似乎打消了殺小花的念頭。

「妳猜他打得下所有人嗎？」

小花用盡勇氣點頭。

「我跟妳玩個遊戲……」

此時泰來敲門入房。

「霍先生，對不起，我會收拾他。」

「派人引路，送他前來，不要驚動其他人。」霍先生饒有趣味，像發現了什麼新奇玩具。「我想看他的能力。你們可以對付他，但不可以用槍。」

「明白。」

之後發生的一切，霍先生和小花都透過閉路電視看得一清二楚。

她從沒想過，大叔是如此厲害的男人。更叫她想不到的是，爲了營救自己，他竟然連命也不要，弄得遍體鱗傷，戰鬥至最後一口氣。

看著大叔爲自己受傷，爲自己倒下又爬起，小花內心激動，雙眼不住流出淚水，抓住拳頭隔著螢光幕，爲他打氣。

「大叔，請你不要死！」小花心中默唸。

大戰結束。

泰來死翹翹。

阿浪以一人之力，扳倒一個組織。

他躺在地上，四肢無力，差不多昏死過去。現在即使任何一個嘍囉走進來，都可以不費吹灰之力，把他殺死。

罷了。

無所謂了。

「大叔！」

恍惚中，阿浪彷彿眞的見到小花……

「大叔！」

眞實的叫聲，不似幻聽。

掙扎著跪了起來，抹掉流到眼裡的血水，阿浪清楚看到——

活生生的妹頭，就在跟前。

**她。沒。有。死。**

**她。還。活。著。**

小花衝上前，緊緊地把大叔擁入懷裡。

「大叔！」

實實在在的觸感，叫阿浪知道，這不是夢，小花眞的沒有死！

小花嘩啦嘩啦哭得如嬰兒，她從未試過在別人面前哭成這樣。阿浪這個錚錚鐵漢也在哭，那是失而復得的快樂之淚。他仔細看清楚，原來剛剛那個穿著小花校服的標本，只不過是個公仔人偶。

沒人阻撓，阿浪帶著小花，一拐一拐走出「樂園」。

外面仍然一片荒野寂寂。

但當他倆跨出幾步以後，整個世界卻無聲地起了變化。

漆黑的天際現出第一道曙光。

那說明了，漫長的黑夜終於過去。

光明，終究來臨了。

多黑暗的歲月，都會有結束一天。

**——從此以後，浪與花，就是彼此的希望與光明。**

# 黑夜之後

事件發生後兩星期，波Sir終於申請到搜查令，到了那「藏參小學」及「樂園」現場調查。

結果全無發現。

學校裡面的手術房間，只是一間尋常的士多房。

石屋的下層，已封水泥，根本沒有什麼通道，也沒留下任何痕跡。「樂園」彷彿從未在世上存在過。

在那個聖誕節發生的事故，就如一場噩夢，一覺醒來，就煙消雲散。

三個月後。

阿浪傷癒，「四季士多」繼續營業，招牌腸粉仍舊大受歡迎。

穿上阿浪所送新球鞋的小花，成了士多的兼職員工，每逢假日，都前來幫忙。

這天沒客人，她坐在一旁，手中拿著《SLAM DUNK》最後一期，不住翻看。

「又翻看《SLAM DUNK》，妳不悶啊？」阿浪笑說。

「好看嘛，大結局眞是百看不厭。三井壽超帥！」

「比我更帥？」

小花笑：「不……大叔是全世界全宇宙全銀河系最帥的……」

阿浪點點頭：「誠實的孩子最乖。」

小花吐吐舌頭：「美中不足，是缺了一期呢……」

「放心，我遲點去二手漫畫店找找，把它補回來。」

這時，他們看見Pepper哥拖著Nia，來到士多。

「老闆，買東西。」

「Pepper哥，想買什麼？」

「一包萬寶路……」Pepper哥望向Nia說：「是不是想吃雪糕？」

「是啊，兩杯。」Nia笑著點頭：「我跟小花一人一杯。」

「妹頭，收錢。」

阿浪轉身去取香菸及雪糕，Pepper哥拿了張千元大鈔遞給小花。

小花看看錢箱，向阿浪說：「不夠錢找啊。」

「沒錢找就下次才付吧。」阿浪把香菸遞給Pepper哥。

「不好，你如此犀利，我惹不起你！」Pepper哥放下一千元：「你留著，當作Nia及小花的零食錢，用完了再跟我拿。」

「那多謝Pepper哥了。」阿浪收下鈔票。

Nia走進士多，跟小花開心吃著雪糕。

「Nia，妳跟小花慢慢玩，我兩小時後來接妳。」

「好啊，拜拜！」

Pepper哥跟阿浪點一下頭就離去。

初春的下午，周遭的氛圍懶洋洋的。

遠望山峰疊青瀉綠，抬頭看天一片蔚藍，近觀樹上百花正要含苞綻放，正是人間好時節。

老房子的屋簷下，雙雙對對的燕子輕快妙曼在飛，泥巢裡總有幾隻雛燕嗷嗷待哺；連當天小花救的那頭流浪狗，也在店子不遠的陰涼處打盹。

看著小花與Nia在嬉戲，阿浪泛起一陣暖意，但覺歲月靜好。

自從經歷那場浩劫，阿浪每次見到小花，都覺得好夢幻。

她跟死神的距離，曾經只有一步之遙。

過了一會，有速遞員來，送上包裹。

阿浪簽收，然後拆開，裡面有張《這個殺手不太冷》（注）的電影明信片。

反轉後面一看，阿浪即時愣住。

厲害的阿浪：

我們有緣再見。

霍先生

包裹中還有另一樣東西，阿浪拿出來看，呆了半晌。

阿浪一陣茫然，踏上樓梯，走到二樓家中，他望向書架中，排得整齊但唯獨空了一格的漫畫書堆。

然後把手中之物放回原本屬於它的位置……

那是當日小花給擄走時，帶在身上的第七期《SLAM DUNK》。

街燈亮起。

日落之後，又是另一個黑夜的開始。

---

注：台灣譯名《終極追殺令》（原題：Léon，美國上映片名：The Professional）是一部一九九四年的電影，由法國導演盧．貝松編劇及執導。

# 終章

光明和黑暗，總是周而復始，在角力、在更替。

# 後記

每次構築新故事之前，無論是哪類型創作，都總想先設好「命題」。

回想過去十年筆耕，《九龍城寨》，想說的是「憑熱血改朝換代」；《今晚打喪屍》，想說的是「負隅頑抗、拚死相抵」；《那年五月，他和她遇上了。》，想說的是「愛情中的羈絆和命定」；《龍頭》，想說的是「變天」、「英雄造時勢」。

這次，《白頭浪》，想說的是「善良是終極救贖」、「微小力量會帶來巨大變化」。

人生難免遇上困局，有些可以自己走出來，有些卻永遠被囚禁。寫這故事之初，先是設定了有個人被困在黑暗深處，然後就想，要有怎樣的「光」，才能引領出路？

善良——我假設這個是答案。

這就是故事的起點。

《白頭浪》的世界觀黑暗邪惡，但我本身其實並非一個悲觀的人。雖然我也不天眞，不會以爲世界盡是美善，也確切認知到在我們的生活裡，尤其是我身處的地方，難免與惡同行；但我還是認爲，總有些東西，可以體現人性光輝和活著的光明面。光與暗、善與惡從來都並存，分別只是，哪一方這刻較強大？哪一方下回得勝？近年有個詞彙很盛行，叫作「無力感」，大家都慨嘆勢單力薄、人微言輕，狂瀾無力挽，但就該完全認命嗎？於是我寫故事中的小花，力量微小，有如小水滴，卻以善念改變了一個人和他的世界，然後這個人又用他的能力與極惡對抗，翻起逆天巨浪。

※

做創作，是個有趣又難熬的過程，想到了好的點子，會樂上半天；遇上瓶頸，如何使勁也想不出滿意的構想。這時候，我會看電影，看過或沒看過的都無所謂，只要過過冷河，把腦袋放空，吸收一下其他事物，就會有新衝擊，有如靈丹妙藥。

電影，的確是我創作的啓蒙老師。

兒時很喜歡看港產片（現在依然喜歡），很多情節與對白到今天依然倒背如流，琅琅上口，所以第一部小說《九龍城寨》就充滿著香港電影（尤其是八〇、九〇年代黑幫電影）的痕跡。

以類型片來說，喪屍電影則是我的最愛。很久以前，我就很希望可以建構一個有地道文化的喪屍世界。寫小說以後就開始逐步構思，大概用了兩年時間籌備及撰寫，完成了《今晚打喪屍》。這套作品我自己就很喜歡，讀者也樂意接受。我自詡是自己最具靈氣的創作，因爲角色及對白都很活潑。希望下年能寫出三部曲的大結局。

至於《白頭浪》，則深受幾套好萊塢及韓國電影影響。那種一夫當關萬夫莫敵，以一人之力對抗一個組織的動作電影，簡簡單單，快意恩仇。雖然有點超現實，但，就是爽！而且角色通常超級有型帥氣！但這類電影，現時在香港很少見了。於是，就想到不如自己試試，寫一個這樣的故事。

除非是天才，否則創作並無捷徑（或者有，但我找不到），寫故事，無非是靠多看其他東西，吸收養份，抓住當中可再用的元素或點子，重組蛻變成自己的故事。譬如霍先生那變態收藏的設定，是去年在飛機上，無聊點選某套電影時得到的靈感和啓發。應該沒有人會猜到，這套電影竟然是童話電影《柏靈頓》吧？所以我總說，看任何東西任何題材，即使不是自己喜歡的，也可能會有驚喜，有意想不到的獲得。

《白頭浪》這故事，把它寫成劇本的話，會是一個很直線，只求影像和動作凌厲，一路一路打上去的官能刺激電影。跟做電影的朋友提過這故事，他們也深表興趣，但即使成事，那也是日後的事了。電影牽涉太多，非我所能控制，所以必定先以我最能把握的載體——即小說呈現。先天上，這故事結構比較簡單，的確較適合由畫面去表達；所以來到小說，自然就要加入更多心理描寫，和對「命題」的重複反芻。原先寫的第一稿，太近似劇本的方向，到頭來只能通篇砍掉重練，又寫一次，才成了現時所見的述說模式。希望大家會喜歡。

余兒

境外之城 093

# 白頭浪

作　　者／余兒
企畫選書人／張世國
責 任 編 輯／張世國
發　行　人／何飛鵬
副 總 編 輯／王雪莉
業 務 經 理／李振東
行 銷 企 劃／陳姿億
資深版權專員／許儀盈
版權行政暨數位業務專員／陳玉鈴
法 律 顧 問／元禾法律事務所　王子文律師
出版／奇幻基地出版
城邦文化事業股份有限公司
台北市 104 民生東路二段 141 號 8 樓
電話：(02)25007008　傳眞：(02)25027676
網址：www.ffoundation.com.tw
e-mail：ffoundation@cite.com.tw
發行／英屬蓋曼群島商家庭傳媒股份有限公司城邦分公司
台北市 104 民生東路二段 141 號 11 樓
書虫客服服務專線：(02)25007718・(02)25007719
24 小時傳眞服務：(02)25170999・(02)25001991
服務時間：週一至週五 09:30-12:00・13:30-17:00
郵撥帳號：19863813　戶名：書虫股份有限公司
讀者服務信箱 E-mail：service@readingclub.com.tw
歡迎光臨城邦讀書花園 網址：www.cite.com.tw
香港發行所／城邦（香港）出版集團有限公司
香港灣仔駱克道 193 號東超商業中心 1 樓
電話：(852) 2508-6231 傳眞：(852) 2578-9337
馬新發行所／城邦（馬新）出版集團
【Cite(M)Sdn. Bhd.(458372U)】
11, Jalan 30D/146, Desa Tasik,
Sungai Besi, 57000 Kuala Lumpur, Malaysia.
電話：(603) 90578822　傳眞：(603) 90576622

封面設計／邱宇陞工作室
排　　版／極翔企業有限公司
印　　刷／高典印刷有限公司
■ 2019 年（民 108）7 月 30 日初版一刷

售價／ 320 元

國家圖書館出版品預行編目資料

白頭浪 / 余兒 著 .– 初版 .– 台北市：奇幻基地，城邦文化發行；家庭傳媒城邦分公司發行 2019.8（民 108.8）
面：公分 .–（境外之城：93）
ISBN 978-986-97944-0-4（平裝）

857.7　　108009749



ISBN 978-986-97944-0-4

Printed in Taiwan.

| 廣　告　回　函 |
| --- |
| 北區郵政管理登記證 |
| 台北廣字第000791號 |
| 郵資已付，免貼郵票 |

104台北市民生東路二段141號11樓

**英屬蓋曼群島商家庭傳媒股份有限公司城邦分公司 收**

請沿虛線對摺，謝謝

奇幻基地

每個人都有一本奇幻文學的啟蒙書

奇幻基地官網：http://www.ffoundation.com.tw
奇幻基地粉絲團：http://www.facebook.com/ffoundation

書號：1HO093　　書名：白頭浪

請於此處用膠水黏貼

奇幻基地

# 讀者回函卡

謝謝您購買我們出版的書籍！請費心填寫此回函卡，我們將不定期寄上城邦集團最新的出版訊息。

姓名：________________ 性別：□男 □女

生日：西元________年________月________日

地址：________________

聯絡電話：________________傳真：________________

E-mail：________________

學歷：□1.小學 □2.國中 □3.高中 □4.大專 □5.研究所以上

職業：□1.學生 □2.軍公教 □3.服務 □4.金融 □5.製造 □6.資訊
□7.傳播 □8.自由業 □9.農漁牧 □10.家管 □11.退休
□12.其他________________

您從何種方式得知本書消息？
□1.書店 □2.網路 □3.報紙 □4.雜誌 □5.廣播 □6.電視
□7.親友推薦 □8.其他________________

您通常以何種方式購書？
□1.書店 □2.網路 □3.傳真訂購 □4.郵局劃撥 □5.其他

您購買本書的原因是（單選）
□1.封面吸引人 □2.內容豐富 □3.價格合理

您喜歡以下哪一種類型的書籍？（可複選）
□1.科幻 □2.魔法奇幻 □3.恐怖 □4.偵探推理
□5.實用類型工具書籍

為提供訂購、行銷、客戶管理或其他合於營業登記項目或章程所定業務之目的，英屬蓋曼群島商家庭傳媒（股）公司城邦分公司，於本集團之營運期間及地區內，將以電郵、傳真、電話、簡訊、郵寄或其他公告方式利用您提供之資料（資料類別：C001、C002、C003、C011等）。利用對象除本集團外，亦可能包括相關服務的協力機構。如您有依個資法第三條或其他需服務之處，得致電本公司客服中心電話 (02)25007718請求協助。相關資料如為非必要項目，不提供亦不影響您的權益。
1. C001辨識個人者：如消費者之姓名、地址、電話、電子郵件等資訊。
2. C002辨識財務者：如信用卡或轉帳帳戶資訊。
3. C003政府資料中之辨識者：如身分證字號或護照號碼（外國人）。
4. C011個人描述：如性別、國籍、出生年月日。

對我們的建議：________________

請於此處用膠水黏貼